만약 내가 진짜라면(假如我是眞的)

제작후원 / 한중연극교류협회, (재)서울문화재단 남산예술센터

假如我是真的

假如我是眞的

만약 내가
진짜라면

사예신(沙葉新)
리서우청(李守成)
야오밍더(姚明德) 지음
장희재 옮김

연극과인간

『중국현대희곡총서』 발간사

20세기 초 중국도 우리와 마찬가지로 일본을 통해 서구 현대극을 수용하여 한 세기 남짓한 역사를 꾸려왔다. 그러나 1950년 차오위의 ≪뇌우≫ 공연으로 서울 장안이 들썩거린 후, 1992년 중국과의 수교가 이루어질 때까지, 체제와 이념의 차이로 인해 우리 연극사에서 중국희곡은 오랫동안 금기에 속해왔다. 실제로 우리 연극계와 중국의 연극 교류는 1993년 강소성 곤극원의 내한공연에서 비롯되어, 1994년 제1회 베세토 연극제로부터 비로소 공식적인 플랫폼을 확보하고 지금까지 꾸준히 교류를 지속하고 있다. 그런데도 어쩐 일인지 우리 연극계에서 중국연극은 아직도 뭔가 낯설게 느껴진다. 중국과의 교류가 문화보다는 경제에 치우쳐 있었고, 일본어나 다른 서구 언어들에 비해 중국어가 낯설기도 했고, 연극계의 관심이 서구 연극에 경도

되어 있었기도 하다. 또한 우리가 중국의 고전 문화를 잘 수용하고 있다는 자부심 때문에 현대 중국의 문화를 이해하기 위한 노력은 다소 소홀히 해 온 것도 사실이다.

이제라도 현대 중국인의 삶을 담은 희곡들을 차근차근 우리 앞에 불러오고자 한다. 지금까지 차오위, 티엔한, 라오서, 샤옌, 천바이천 등 20세기 전반기의 희곡들이 일부 소개되었을 뿐, 신중국 이후의 작품은 거의 소개되지 않았다. 우리는 『중국현대희곡총서』를 통해 신중국 이후 특히 문혁 이후 신시기 작품들을 중심으로 우수한 희곡을 선별하여 소개하고자 한다. 또한 홍콩, 대만 등 중국어권 지역의 동시대 희곡들에도 지속적인 관심을 가질 것이다. 이 중 우리의 정서에 맞고 공감할 수 있는 작품이나 창의성이 돋보이는 작품들이 우리 연극인들에 의해 재해석되어 무대화되기를 기대한다.

그래서 늦었지만 2018년 '한중연극교류협회'를 조직하여, 출판과 함께 '제1회 중국희곡 낭독공연'도 개최하였다. 다만 실제 총서 출판에는 큰 어려움이 따랐다. 작년에 1차로 10종의 출판을 계획하고, 김우석, 장희재 선생과 함께 작품 선정과 번역을 진행하였으나, 중국 각지에 흩어져 있고 심지어 미국에 거주하는 열 분의 작가를 하나하나 찾아내어 판권을 협의하는 과정은 많은 시간과 에너지를 필요로 했고 결국 8종만이 출판되었다.

올해는 새로『중국전통희곡총서』출판도 함께 진행하고 있어『중국현대희곡총서』2차분으로는 궈스싱의 ≪청개구리≫, 야오위안의 ≪상앙≫, 사예신의 ≪만약 내가 진짜라면≫, 루쉰의 ≪여름의 기억≫, 티엔친신과 저우허양의 ≪붉은 장미 흰 장미≫ 5종을 준비하였다. 아쉽게도 얼마 전 타계하신 사예신 선생의 따님을 포함하여 여러 작가들이 모두 적극적인 지지를 보내주어 판권 문제와 사진 자료 수집 등이 순조롭게 진행되었다. 이번에 번역과 출판을 지원해준 서울문화재단과 주한중국문화원, 그리고 도서출판 연극과인간에 큰 감사를 표한다. 사회 공헌 차원에서 우리 협회의 로고와 포스터 등의 기본 디자인을 제공해준 소디움파트너스에게도 진심으로 감사를 표한다.

새로운 평화의 아시아 시대를 기원하며,『중국현대희곡총서』의 출판이 우리 연극 무대에 아시아적 감성의 레퍼토리 계발과 함께 우리의 예술적 창의 도출에도 기여할 수 있기를 바란다.

2019년 3월 2일
역자 대표 오수경 삼가 씀

차 례

만약 내가 진짜라면

（假如我是眞的）

1979년 상하이인민예술극원 공연 (沙智紅 제공)

1979년 상하이인민예술극원 공연 (沙智紅 제공)

1979년 상하이연극에서 출판한 단행본 대본

설마 선인과 악인이 같은 목적을 위해 존재할 수 없겠는가? 설마 희극이 비극과 같은 숭고한 사상을 표현할 수 없겠는가? 설마 파렴치한 이들의 영혼을 해부해보는 것이 어질고 뜻있는 사람의 형상을 그려내는 데 도움이 되지 않겠는가? 설마 더럽고 추악한 이 모든 행태가 우리에게 법과 책임, 정의가 무엇인지 알려줄 수 없겠는가?

– 고골 〈극장 앞에서〉

등장인물

자오 단장	극단 단장
첸 처장	조직부 정치처 처장
쑨 국장	문화국 국장
리샤오장	농장 지식청년
저우밍화	방직공장 여공, 리샤오장의 여자친구
우 서기	시 위원회 서기
정 농장장	농장장
쥐안쥐안	쑨 국장의 딸
장 위원	중앙기율검사위원회 책임간부
공안	갑, 을
관객	갑, 을, 병, 정, 무, 기
극장 직원	
전화 받는 중년	
호텔 종업원	
지식청년 갑, 을	
판사	
배심원 갑, 을	
검사	

서 막

연극은 삶으로부터 시작된다.

우리의 이 연극도 살아 숨쉬는 실제 삶에서 시작되었다.

그렇다면 막이 오르기 전 실제 삶에서 이 연극을 시작하지
않을 이유가 무엇인가?

좋다. 연극이 시작되기 전, 우리 사랑스럽고 열성적인 관객
들이 사방에서 신나게 극장으로 밀려들어오는 걸 보라. 물
론, 이 때 관객들은 자신이 보러 온 〈만약 내가 진짜라면〉이
라는 이 연극에 대해 아는 것이 아무 것도 없다. 때문에 관객
들은 객석에서 방금 산 팜플렛을 읽으며 줄거리를 미리 알고
싶어 할 수도 있다. 혹은 소란스러운 인파로 가득한 라운지
에서 함께 온 사람과 이야기를 나누며 연극 내용을 추측할지
도 모른다. 혹은 담배를 피우거나, 아이스크림을 먹으며 한
가로움을 즐길 뿐, 아예 머리를 쓰고 싶어 하지 않을 수도 있
다……

이윽고 시작종이 울리면 관객들은 바삐 객석으로 들어가 조
용히 자리에 앉는다. 어떤 이는 숨을 죽이고 또 어떤 이는 무
덤덤하게 막이 오르길 기다린다.

드디어 공연시간이 되었다. 객석 등이 꺼지고 음악이 울리자
관객들은 눈을 크게 뜨고 무대를 바라본다. 갑자기 음악이

뚝 끊기더니. 객석 등이 다시 밝아지고 막 뒤에서 자오 단장
의 외침이 들려온다. "닫아, 닫아! 딜레이. 딜레이!" 방금 전
조금 열렸던 막이 다시 닫힌다. 잠시 후, 자오 단장이 무대
측면에서 등장한다.

자오 단장 관객 여러분, 대단히 죄송합니다! 공연시간이
다 됐습니다만…… 고위인사 두 분과 귀빈 한 분
이 아직 안 오셔서 조금만 더 기다리겠습니다. 종
종 이런 경우가 있습니다. 그리 특별한 상황은 아
닙니다. 하지만 공연은 꼭 올라가니까 관객 여러
분께서는 안심하시고, 조금만 더 기다려주세요.
도착하는 대로 바로 시작하겠습니다. 대단히 죄송
합니다. 정말 죄송합니다……

자오 단장은 말을 마치고 무대 측면으로 들어간다. 관객은
이에 대해 어떻게 반응할까? 체념하며 원망을 토로할까? 불
만을 가득 담아 힐난할까? 격분하여 항의할까? 큰 소리로 욕
을 할까? 결론적으로 관객들은 공연 전에 발생한 이 유쾌하
지 않은 일에 대해 현장에서 각자 다양한 태도를 표현할 것이
다. 그랬으면 좋겠다.

한바탕 소란이 진정되면. 자오 단장은 다시 무대 측면에서

고개를 내밀고 객석입구를 바라본다. 갑자기 얼굴에 희색이
돈다. 관객들도 자오 단장의 시선을 따라 객석입구를 쳐다본
다.

이때, 사람들의 시선이 집중된 가운데, 분위기가 남다른 시
위원회 서기 부인이자 시위원회 조직부 정치처 처장인 첸 처
장과 근엄하고 중후한 분위기의 문화국 쑨 국장이 들어온다.
관객들은 자신들이 오래 기다린 귀빈이 이 두 사람이라고 생
각할 테지만, 사실은 그렇지 않다. 문득 이들이 한 청년을 극
장 안으로 청하는 모습이 보인다. 이 청년이 바로 그 귀빈이
다. 그의 이름은 리샤오장이지만, 현재는 장샤오리라고 불린
다. 첸 처장과 쑨 국장은 정중하게 낮은 소리로 리샤오장에
게 말한다. "자, 자, 이쪽으로!" 이들은 리샤오장을 둘러싸고
곧장 무대 앞좌석 중앙통로 근처 세 자리가 비어있는 곳으로
간다. 이들이 착석하자 막 뒤에서 자오 단장의 목소리가 들
린다. "도착, 도착! 스탠바이, 오프닝!"

음악이 다시 울린다.

갑자기, 객석입구에 총을 든 공안 두 명이 또 들어온다. 이들
은 신속하게 리샤오장의 자리로 간다.

공안 (리샤오장에게) 리샤오장, 당신을 체포합니다!

첸 처장 (크게 놀라며) 뭐야, 무슨 일이에요? 이 사람은 리샤

오장이 아니에요, 어떻게 이렇게 함부로 사람을 잡아가요?!

공안 (구속 영장을 보여주며) 구속 영장입니다!

다른 공안은 리사오장에게 수갑을 채운다]

쑨 국장 놔요. 당신들이 착각했소. 이 사람이 누군지 알아 요?

공안 누굽니까?

쑨 국장 이 사람은 장샤오리에요!

첸 처장 중앙 간부의 자제분이란 말이에요!

공안 아닙니다. 이 사람은 사기꾼입니다!

첸, 쑨 네?!

자오 단장 무대 측면에서 무대 앞으로 달려온다.

자오 단장 아이고, 이게 무슨 일에요, 왜 그래요? 이러면 우린 어떻게 공연을 합니까? 우리더러 어떻게 하 라구요? (공안에게) 동지, 모두한테 설명을 좀 해 주세요. 이게 대체 무슨 일입니까!

공안 좋습니다!

공안 두 명과 리샤오장. 첸 처장. 쑨 국장은 모두 무대 앞으로 나온다.

공안 관객 여러분, 소란을 일으켜 대단히 죄송합니다. 이 사람은 사기꾼입니다. 본명은 리샤오장, 장샤오리는 가명입니다. 이 자는 농장에서 일하는 지식청년[1]인데 중앙간부 아들을 사칭하고 본 시(市)에서 사기행각을 벌였습니다. 도주의 우려가 있어 긴급조치로 여기서 이 자를 구속합니다.

자오 단장 뭐라구요?! (리샤오장에게) 이게 진짜야?!

리샤오장 다들 연극하고 있던 거 아니었나요? 저도 연극 한 편 보여드린 거예요. 이제 제 연극은 끝났네요. 당신들은 당신들 연극 계속하세요!

자오 단장 뭐?!

첸 처장 너?!

쑨 국장 허!

조명이 리샤오장, 자오 단장, 첸 처장, 쑨 국장의 얼굴을 차례로 비춘다. 암전.

---

1 [역주] 문화대혁명 시기 상산하향(上山下鄕)운동에 참여해 농촌에서 생활했던 청년을 이르는 말.

제1장

1979년 상반기 어느 날 초저녁.

극장 입구(만약 이 연극이 운 좋게 공연을 하게 된다면, 이 장의 배경은 이 연극을 올리는 극장입구와 완전히 똑같거나, 적어도 매우 비슷하길 바란다). 극장 한쪽 벽에는 큰 포스터가 붙어있다. 'XX극단 러시아 블랙코미디 〈감찰관〉'포스터에는 헬레스타코프[2]의 얼굴이 그려져 있다.

표는 매진된 것 같다. 입구에 취소 표를 기다리는 사람들이 모여있다. 이들 손에는 지폐가 들려있다. 이들은 사람들에게 "표 있나요?"라고 다급하게 묻는다. 어딘가에 표가 나오면, 사람들은 바로 몰려가서 서로 사겠다고 실랑이를 벌인다. 표를 구한 사람은 뛸 듯이 기뻐한다. 연신 감사 인사를 하고 즐겁게 극장으로 들어간다. 표를 구하지 못한 사람들은 실망스럽지만 포기하지 않고 계속 표를 구한다. 이 상황은 아주 사실적이고 자연스럽게 연기해서 관객들이 진짜라고 믿을 수 있어야 한다. 마치 관객들 자신을 연기하고 있는 것 같거나 혹은 관객들이 무대에 올라가서 연기하는 것처럼 보여야 한다.

---

2 [역쥐 고골이 쓴 〈감찰관〉의 주인공.

리샤오장은 낡은 군복을 입고 군용가방을 어깨에 메고 있다.
담배 한 개비를 물고 연기를 내뿜는다. 무심하게 극장 앞의
사람들을 바라보다가 꽁초를 버린다. 주머니에서 무언가를
꺼내는데 관객 갑이 황급히 다가온다.

관객 갑 (급하게) 표 있나요?

리샤오장 표요?

관객 갑 네.

리샤오장 (말을 길게 늘이며) 있습니다!

관객 갑 (기뻐서 어쩔 줄 모르며) 너무 잘 됐네요!

주위 사람들 리샤오장에게 표가 있다는 말을 듣자 바로 그를
에워싸고 크게 소리친다. "나한테 줘요, 나 줘요!", "내가 살
게요. 나 줘요!" 리샤오장은 버티지 못하고 담 밑까지 밀려간
다.

관객 갑 나한테 줘야 맞지요, 내가 먼저 왔는데!

관객 을 내 영화표 열 장하고 바꿉시다!

관객 병 나 줘요, 나요. 한 장에 3위안 드릴게요, 어때요?

리샤오장 조용히 하세요, 조용히! 다 있어요. 다! 모두들
줄 서세요, 줄!

모두들 왁자지껄 우르르 몰려가 리샤오장 앞에 긴 줄을 선다.

리샤오장 서둘지 마세요, 서둘지 마요! 가진 거라곤 표 밖
에 없어요, 모두 받을 수 있어요, 전국 표, 현지
표 다 있습니다!

관객 갑 뭐라구요?

관객 을 전국 표, 현지 표라니요?

관객 병 대체 무슨 표에요?

리샤오장 (가죽 지갑을 꺼내 식량 배급표를 꺼낸다) 자, 식량 배급
표3입니다!

관객 갑 네?!

관객 을 이게 무슨 장난이에요!

리샤오장 왜요? 배급표는 표 아닌가요? 이건 아주 중요한
표라구요. 이게 없으면 밥을 못 먹는다구요!

관객 병 젠장!

관객 정 이 자식, 때려!

리샤오장 (얼굴색도 안 변하고) 한번 해 보시던가?! 응?

관객 을 됐어, 됐어, 가요, 갑시다!

---

3 [역주] 중국은 1950년대부터 계획적으로 식량을 공급하기 위해 식량배
급표를 발행하였다. 이외에도 식용유와 천 등의 배급표가 있었다. 배급
표 제도는 개혁개방이 실시됨에 따라 1985년에 폐기되었다.

모두 기분이 상해 흩어진다.

관객 갑 동지, 그래도 사람 속이는 건 아니지!

리샤오장 농담 한번 한 거예요! 사람 속인 게 뭐 대수에요?
연극도 사람 속이는 거 아닌가요? 이 세상에 진짜
연극이 얼마나 많은데, 굳이 극장에 가서 가짜 연
극을 보다니, 그것도 다 속는 거 아닌가요?

관객 갑 뭘 안다고 그래요?! 오늘 여기서 하는 공연은 세
계적인 명작 〈감찰관〉이라고요!

리샤오장 네? 〈감찰관〉이요? 재밌어요?

관객 갑 엄청 재미있죠! 러시아 페테르부르크의 말단관리
가 한 도시를 지나가게 되는데, 그 도시 시장이
그를 비밀 감찰관이라고 오해해서 융숭하게 대접
하고 온갖 아첨을 하면서 돈과 선물을 주고, 그
사람한테 딸까지 시집을 보내는데, 배꼽 빠지게
웃겨요.

리샤오장 네?! 그럼 그 감찰관은 가짜네요?

관객 갑 사기꾼이지!

리샤오장은 곧 포스터 앞으로 가서 포스터를 흥미롭게 바라
본다. 잠시 손목시계를 들여다보고, 먼 곳을 두리번거리다가

다시 포스터를 계속 본다. 잠시 후, 저우밍화가 핸드백을 들고 황급히 등장한다.

저우밍화 리샤오장!

리샤오장 밍화야! 봐, 너 또 늦었어!

저우밍화 아빠가 못 나가게 했어.

리샤오장 망할 영감탱이!

저우밍화 너 어떻게······

리샤오장 망할 영감탱이 맞지 뭐! 방금 너희 집에 갔었는데, 아는 척도 안 하셨어!

저우밍화 너 우리 아빠한테 그러면 안 돼! (가방에서 마오타이주를 꺼내) 자! 아빠가 돌려주래.

리샤오장 (놀라며) 어? 드시고 아셨구나!

저우밍화 드시고 뭘 아셔? 마시지도 않으셨는데.

리샤오장 (술을 받아) 아······

저우밍화 뭐하러 이렇게 좋은 마오타이주를 사 보냈어?

리샤오장 내 미래 장인께 아부 좀 떨라고!

저우밍화 쌈쌈이가 왜 이렇게 커, 이런 비싼 술을 사고!

리샤오장 짝퉁이야.

저우밍화 뭐? 이 술이 짝퉁이라고?!

리샤오장 진짜를 내가 어떻게 사? 병은 진짜야. 중고 파는

좌판에서 샀어, 2쟈오(角)에 한 병, 안에 채운 건
1.2위안 하는 빼갈.

저우밍화 뭐? 우리 아빠가 눈치채면 어쩌려구?

리샤오장 사람들은 대개 겉으로 드러나는 걸 보지, 네 아
버지도 예외는 아니야.

저우밍화 너 왜 이래야 하는데?

리샤오장 이게 다 네 아버지 환심 사려고 그러는 거 아니
야, 너와 나를 위해서.

저우밍화 그럼 빨리 농장에서 올라와! 그거 아니면, 네가
뭘 선물해도 우리 허락 안 하실 거야. 빨리 올라
와야 돼, 빨리!

리샤오장 (짜증스럽게) 아! 돌겠네!

저우밍화 나도 방법을 생각해보고 있어. 너 똑똑하고 일
처리도 잘 하잖아. 방법 좀 생각해봐! 다른 사람
들은 다 올라왔는데, 왜 너만 안 돼? 최근에 내 친
구들은 다 올라왔잖아?

리샤오장 걔들 아빠 뭐하시는데?

저우밍화 한 명은 공장 당 위원회 서기시고, 한 명은 함대
부사령관, 또 다른 내 여자 동기는 아빠가 문화국
장이셔.

리샤오장 그럼 당연히 올라오지! 우리 아빤 뭐하시는데?

25

(엄지를 치켜 세우고, 비꼬듯) 이름만 번지르르한 지도자 계급, 노동자, 공명정대한 노동자! 아무짝에도 쓸모없잖아! 재작년이 내가 올라올 차례였는데, 걔들한테 밀린 거잖아?

저우밍화 아, 너한테도 좋은 아빠가 있었으면 얼마나 좋았을까!

리샤오장 다음 생엔, 태어날 때 아빠가 고위 간부인지 잘 알아볼게. 아니면 그냥 뱃속에서 죽어버리든가, 태어나지 말지, 뭐!

저우밍화 쓸데없는 소리 그만하고 올라올 방법이나 빨리 생각해 봐. 더 이상 늦어지면 안 돼, 알겠어?

리샤오장 알겠어, 알겠다고, 조급해해도 소용없어. 우리 표나 두 장 구해서 연극 보러 들어가자!

저우밍화 연극을 보자고?

리샤오장 이 연극 재밌대.

저우밍화 안 돼, 나 몰래 나온 거야.

리샤오장 나랑 같이 안 있어 준다구?

저우밍화 아빠가 아실까봐.

리샤오장 너 좋은 대로 해!

저우밍화 결정을 못 하고 망설이다 결국 돌아간다. 퇴장.

리샤오장, 저우밍화를 쫓아가려다가 멀리서 오는 승용차에 막힌다. 승용차 라이트 두 줄기가 비추고, 브레이크 소리가 들린다. 동시에 자오 단장이 극장에서 뛰어나와 구경하는 사람들을 쫓아낸다. 잠시 후, 쑨 국장과 그의 딸 쥐안쥐안이 등장한다. 자오 단장은 황급히 맞이하러 나온다.

리샤오장 한쪽에서 냉담한 눈빛으로 쳐다본다.

자오 단장 (친절하게) 아이고, 쑨 국장님 오셨어요! (악수하며) 안녕하세요!

쑨 국장 안녕하세요!

자오 단장 건강하시죠?

쑨 국장 그럭저럭 괜찮습니다.

자오 단장 그래도 신경 쓰셔야 돼요! 얘가 쥐안쥐안인가요?

쑨 국장 자오 아주머니라고 부르거라.

쥐안쥐안 자오 아주머니!

자오 단장 아이고, 참 예쁘기도 해라! 농장에서는 올라온 거지?

쥐안쥐안 진작에 올라왔어요.

자오 단장 남편은?

쥐안쥐안 아직 동북 지역에 있어요.

자오 단장 아이구, 젊은 부부가 떨어져 있어서 어째?

쥐안쥐안 아빠가 방법을 찾아줄 거예요.

쑨 국장 누가 그래? 헛소리!

쥐안쥐안 (낮은 소리로 자오 단장에게) 저 헛소리 아니에요,
아빠가 헛소리하는 거지!

자오 단장 (웃으며) 들어가시죠! (표 두 장을 꺼내) 여기 표
남겨놨어요.

먼 곳에서 승용차 한 대가 또 온다. 두 줄기 라이트가 비치고,
브레이크 소리가 들린다.
자오 단장과 쑨 국장이 멈추고, 승용차를 바라본다.

쑨 국장 차 안에 누구시죠?

자오 단장 조직부 첸 처장님 같은데요.

쑨 국장 첸 처장님?

자오 단장 시 위원회 우 서기님 부인이요.

쑨 국장 아, 맞네, 맞아!

자오 단장 (으스대며) 저랑은 오랜 전우 사이라 아주 친하
답니다.

첸 처장 등장.

자오 단장 (바로 맞이하러 가며) 아이구, 언니, 무슨 바람이 불어서 여기까지 왔어요?

첸 처장 동생, 나 잊어버렸나봐? 연극 초청도 안 하고?

자오 단장 몇 번을 부를까 하다가, 언니 바쁠까봐 그랬죠. 오늘 공연 보시게요?

첸 처장 표 있어?

자오 단장 언니가 왔는데, 표가 없겠어요? 필요한 만큼 말씀하세요.

첸 처장 한 장이면 돼.

자오 단장 우 서기님은 안 오셨어요?

첸 처장 그 사람이 어디 연극 볼 짬이 있나요? 웬종일 늦게까지 바빠요, 쉬라구 쉬라구 해도, 쉬지를 못하고, "사인방(四人幇)[4] 때문에 허비한 시간을 되찾아야지!" 그래요.

자오 단장 우 서기님 정말 고생하시네요. 부담이 크시겠어요!

쑨 국장 첸 처장님, 들어가시죠, 공연 시작하겠어요.

---

4 [역주] 문화대혁명 기간 동안 권력을 휘두르던 4명의 공산당 지도자. 마오쩌둥의 부인 장칭(江靑)을 포함한 야오원위안(姚文元), 왕훙원(王洪文), 장춘차오(張春橋)를 가리킨다. 마오쩌둥 사망 후, 4인방이 체포되면서 문화대혁명은 종료된다.

첸 처장 이분은……

쑨 국장 저는 문화국에 있습니다.

자오 단장 쑨 국장님이요. 모르세요?

첸 처장 아, 자오 단장 직속상관이시구나. 십 년을 못 뵈었더니, 머리가 다 하얘지셨네요!

자오 단장 쑨 국장님, 첸 처장님하고 먼저 들어가세요. 전 아직 마 부장님을 기다려야 돼서요.

첸 처장 어느 마 부장?

자오 단장 시 위원회 선전부 마 부장님이요.

첸 처장 아, 선전부 마 부장님, 내일 해외 출장이 있어서, 못 오실 거예요.

자오 단장 그래요? 그럼 들어가시죠!

첸 처장 들어가시죠!

첸 처장. 쑨 국장 극장 문으로 들어간다. 퇴장.
근처에서 이들의 이야기를 엿듣던 리샤오장이 자오 단장을 불러 세운다.

리샤오장 동지!

자오 단장 뭐죠?

리샤오장 표가 남았나요?

자오 단장 아니요! 없어요!

리샤오장 손에 들고 있는 건 뭐예요?

자오 단장 이건 간부들을 위해 남겨 둔 표에요.

리샤오장 방금 전에 그 마 부장이 못 온다고 하지 않았나
요?

자오 단장 안 와도 팔 수 없어요.

리샤오장 남은 건데 왜 안 팔아요?

자오 단장 이건 간부들을 위해 남겨둔 거라구요.

리샤오장 방금 들어간 그 여자애도 간부인가요?

자오 단장 그 애 아버지가 간부죠, 당신 아버지 간부에요?

　　　자오 단장이 극장으로 들어간다. 퇴장.

리샤오장 젠장할, 연극 하나 보는 것도 좋은 아빠가 필요
해!

　　　리샤오장 떠나려고 하다가. 포스터 앞에서 또 멈춘다. 포스
　　　터를 몇 차례 들여다본다. 다시 떠나고 싶지 않아진다. 잠시
　　　생각하다가 왼쪽 무대 앞으로 간다. 무대 앞에 전화기가 있
　　　다. 그는 수화기를 들고 번호를 누른다.

리샤오장 여보세요, 극장 스태프 연결해주세요. 나는 시

위원회 선전부, 나는 마 부장입니다. --맞아요. 그쪽 자오 단장하고 통화하고 싶소. 네-(잠시 기다리다가) -- 맞아요, 맞아요, 나에요. - 자오 단장이오? 내가 내일 해외 출장을 가서, 오늘 밤 공연에 못 가겠어요. --- 우 서기님 사모님이 얘기 해줬다구요? 그럼 됐네요. 한 가지 부탁이 있는데. -- 베이징에 있는 내 오랜 전우 아들이 이 공연을 너무 보고 싶어해요. 방금 전에 나한테 전화가 왔는데 표를 못 구했다고 하더라구. 어떻게 해결해 줄 수 있어요? - 문제없다고요? 좋아요, 그 애는 한 장이면 돼요. - 성은 장 씨요, 활 궁(弓)에 길 장(長) 자가 합쳐진 장(張) 씨, 작을 소(小)자에 샤오, 이상적(理想的)이다 할 때 리(理), 장샤오리(張小理)라고 해요. -- 입구에서 기다린다구요. 좋네요. 지금 극장 근처라니까 바로 찾아가라고 할게요.

리샤오장은 전화기를 내려놓고, 무대 앞에 서서, 벽에 기대 극장 입구를 주시한다.

잠시 후, 자오 단장이 표를 들고 극장에서 뛰어나와 사람들 사이에서 두리번거린다. 잠시 기다리다 관객 무에게 다가간다.

자오 단장 동지, 성이 어떻게 되시나요?

관객 무 우(伍) 씨요, 왜요?

자오 단장 아, 미안합니다!

자오 단장은 다시 관객 기에게 다가간다.

자오 단장 동지, 성이 어떻게 됩니까?

관객 기 지(計) 씨요, 티켓 있어요?

자오 단장 아니요, 아니요, 없어요!

자오 단장은 시계를 보고 조급해한다.

리샤오장이 다가간다.

리샤오장 동지, 자오 단장이시죠?

자오 단장 맞아요, 맞는데, 당신은……

리샤오장 제가 바로 장샤오리입니다.

자오 단장 (놀라며) 네? 당신이었어요?

리샤오장 맞아요, 마 부장님이 전화하셨죠?

자오 단장 맞아요, 맞아요. 아이고, 좀 전에 왜 진작 말 안
했어요? 오해했네, 오해 했어! 이런 작은 일은 사
실 마 부장님까지 거칠 필요 없어요, 앞으로 연극

은 나한테 바로 얘기해요.

리샤오장 그럼 너무 신세를 지잖아요! 번거로우시게!

자오 단장 마 부장님 소갠데 당연히 그래야죠. 음, 아버지
하고 마 부장님은⋯⋯

리샤오장 저희 아버진 마 부장님과 오래된 전우세요!

자오 단장 그래요. 들어가요, 들어갑시다!

자오 단장은 리샤오장을 극장 안으로 청한다. 이때부터 리샤
오장은 장샤오리가 되었다.

관객 을 응? 저 자식 어떻게 들어갔지?

자오 단장 저 애 아버지는 간부에요, 당신 아버지는 간부
인가요?

– 막이 내려온다.

제2장

같은 날 밤. 공연 후.

극장 VIP 라운지. 좌우로 문이 하나씩 있고, 각기 무대 앞과 뒤로 통한다. 벽을 따라 일인용 소파와 이인용 소파가 놓여 있다. 벽에는 〈감찰관〉 공연사진이 걸려 있다. 또 다른 벽면에는 〈감찰관〉 공연포스터가 붙어있다.

막이 오르면. 극장 안에서 힘찬 박수 소리와 극장을 떠나는 관객들의 웅성거림이 들린다.

잠시 후. 자오 단장은 장샤오리를 데리고 무대 앞으로 난 문을 통해 VIP 라운지로 들어온다.

자오 단장 (친절하게) 자자자, 들어와서 좀 쉬어요. 앉아요, 앉아. 편하게 앉아. 우리 극장 조건이 좀 별로야. 베이징하고는 비교가 안 되지?

극장 직원이 차 두 잔을 가져와 자오 단장과 장샤오리에게 건네고 퇴장.

자오 단장 샤오리, 연극 어땠어요? 얘기 좀 해봐!

장샤오리 (진심으로) 멋졌어요. 정말 이렇게 좋은 연극은 처음 봤어요!

자오 단장 의견 좀 들려줘 봐!

장샤오리 정말이에요, 정말 좋았어요. 아, 전 이만 가볼게요.

자오 단장 좀 더 있다 가지!

장샤오리 가봐야 돼요.

자오 단장 잠깐만. 방금 내가 첸 처장님하고 쑨 국장님한테 말했어. 곧 널 보러 오실 거야.

장샤오리 (놀라며) 절 보러 온다구요?

자오 단장 지금 무대 뒤에서 배우들 만나고 계셔. 곧 이리 오실 거야.

장샤오리 아니요. 높으신 분들 바쁘실 텐데, 귀찮게 할 필요 없죠!

장샤오리 가려고 몸을 일으키자. 자오 단장이 호들갑스럽게 그를 잡는다.
극장 직원이 간식을 가져다주고 퇴장.

자오 단장 조금만 기다려 봐. 자자, 간식 좀 먹어. (간식을 장샤오리 앞으로 가져간다) 먹자. 왜 안 먹어. 먹어봐.

장샤오리는 그저 간식을 먹을 수밖에 없다. 하지만 또 조금

불안하다.

자오 단장 베이징 날씨는 괜찮니?

장샤오리 괜찮아요. 눈이 와요.

자오 단장 이 더운 날에 눈이 내려?

장샤오리 아니요, 겨울에 눈이 내려요. 전국이 똑같죠, 겨울엔 전부 눈이 오죠.

자오 단장 그렇지, 그렇지. 이번에 베이징에서 온 건 출장 때문인가?

장샤오리 아니요, 전 출장이 제일 싫어요. 귀찮아죽겠어요.

자오 단장 친구를 보러 온건가?

장샤오리 네. 친구 만나러 왔어요.

자오 단장 또 다른 이유가 있니?

장샤오리 (경계하며)아니요, 다른 이유 없어요. 오늘 단장님을 찾아온 것도 그냥 연극 보러 온 거잖아요.

자오 단장 아니, 내 말은 친구 만나는 거 말고, 다른 계획이 있냐구.

장샤오리 없어요. 그냥 좀 놀고, 연극 보는 거죠.

자오 단장 연극? 나한테 있는 게 표야. 아. 맞다, (표를 몇 장 꺼내) 여기 내부 영화표5가 몇 장 있어. 미국 거,

일본 거, 프랑스 거, 다 다음 주네. 다 가져가렴.

장샤오리 (기뻐서 어쩔 줄 몰라 하며) 너무 좋은데요! 얼마죠?

자오 단장 그 먼 베이징에서 왔는데, 돈을 받으라구?

장샤오리 안 받으시면 안 되죠.

자오 단장 영화 몇 편 정도는 내가 보여줄 수 있어.

장샤오리 (표를 받으며) 이러면 너무 죄송한데. 아, 맞다. (메고 있던 가방에서 마오타이주를 꺼내)저도 딱히 갖고 온 건 없고, 이거 자오 아주머니가 받아주세요!

자오 단장 마오타이주?

장샤오리 별 거 아니에요.

자오 단장 난 술 못 해.

장샤오리 그럼 뒀다가 선물하세요. 받아두세요. 나중에 연극 볼 때, 또 폐 끼쳐야 하잖아요!

자오 단장 (술을 받으며) 이러면 내가 더 미안한데. 이 술 호텔에서 산 거지?

장샤오리 아니요, 호텔에서는 구할 수 없는 거죠. 이건 특제에요, 수출용.

자오 단장 그래? 일반 마오타이보다 더 고급인가?

---

5 [역주] 문화대혁명 시기, 외국 작품은 검열을 거친 후 소수의 간부들과 관련업계 종사자들만 볼 수 있었다.

장샤오리   적어도 맛은 많이 다르죠.

자오 단장   아버지가 이런 고급 마오타이를 자주 드시니?

장샤오리   자주 드세요, 한 달에 적어도 삼십 병!

자오 단장   하! 아버지가……

장샤오리   저희 아버지를 물으시는 건가요?

자오 단장   말하면 안 되지?

장샤오리   아니요, 아주머니한테는 말해도 되죠.

자오 단장   그럼 누구신지?

장샤오리   맞춰 보세요, 난 장 씨니까.

자오 단장   아버님이 장징푸(張勁夫)신가?

　　　　장샤오리 알 수 없는 웃음을 짓더니 고개를 젓는다.

자오 단장   장치룽(張啟龍)?

　　　　장샤오리 고개를 젓는다.

자오 단장   장딩청(張鼎丞)?

　　　　장샤오리 고개를 젓는다.

자오 단장   그러면…… 장옌파(張延發) 동지?

장샤오리는 고개를 젓는다.

자오 단장   아, 장원톈(張聞天)! 아니야, 아니야, 돌아가셨
　　　　　　어. 장……, 맞다, 장 부총장, 장차이첸(張才千)!

장샤오리는 고개를 젓는다.

자오 단장   그럼 누구……

장샤오리   맞춰 보세요, 어쨌든 장춘차오(張春橋)[6]는 아니
　　　　　　니까요.

자오 단장   그거야 당연하지, 그럼 당연하지. 그러면……
　　　　　　어떤 고위 간부실까?

장샤오리   아니요, 일반 간부세요.

자오 단장   아니야, 그럴 리 없어. 틀림없이 고위 간부셔!
　　　　　　(갑자기 흥분해서) 아, 분명……

장샤오리   누구요?

자오 단장   그…… (장샤오리에게 몸을 굽혀 귓속말로) 맞아?

---

6 [역쥐 4인방 중 한 사람, 당시 국무원 부총리.

장샤오리 아주머니 생각에는요?

자오 단장 확실해, 분명 맞아!

장샤오리 (크게 웃으며) 아주머니가 맞다면, 맞는 거죠!

자오 단장 (놀라 기뻐하며) 응?! 정말 그분이야! 아이고, 그
렇게 좋은 아빠가 있으니, 정말 행복하겠다!

장샤오리 그러게요. 안타깝게도 모든 사람한테 이런 좋은
아빠가 있진 않죠.

자오 단장 그럼 아빠는 마 부장님 옛 상관일 뿐만 아니라,
우리 우 서기님하고도 잘 아시겠네.

장샤오리 우 서기님이요?

자오 단장 모르나? 시 위원회 우 서기님.

장샤오리 아, 시 위원회 우 서기님이요, 아빠가 얘기하는
거 들은 적 있어요.

자오 단장 우 서기님 부인 첸 언니가 얘기해준 적이 있어.
53년 여름에 우 서기님이 회의가 있어서 베이징
에 갔다가 너희 집에 간 적이 있대. 그 때 넌 아직
젖먹이였겠지? 우 서기님이 아빠한테 귀한 선인
장도 선물하셨다던데. 네 아빠는 우 서기님 줄담
배 태우는 걸 보고, 555 담배를 두 보루나 주셨대.
언니 말로는 우 서기님하고 너희 아버지하고 못
본 지 이십 년도 더 됐다던데. 맞다, 바로 첸 언니

한테 알려줘야겠네, 네가 온 걸 알면, 분명 기뻐할 거야. 잠깐만.

자오 단장은 무대 뒤로 향한 문으로 퇴장.
장샤오리는 자오 단장이 퇴장한 방향으로 고개를 젓다가 탁자 위의 담뱃갑에서 담배 한 개비를 꺼내 자신의 상의 주머니에 넣고 몰래 나갈 준비를 한다. 그가 무대 전면으로 통하는 문을 조용히 열고 나가려고 하는데, 밖을 한번 내다보더니, 다시 황급히 돌아온다.
첸 처장과 쑨 국장 등장.
장샤오리 대범하게 맞이하러 간다.

장샤오리 첸 아주머니!

첸 처장 (어리둥절해서) 너는……

장샤오리 마 부장님 소개로 공연 보러 왔어요.

첸 처장 아, 들었어. 들었는데, 자오 단장은?

장샤오리 아주머니 찾으러 간다고 하셨는데요.

첸 처장 앉아, 앉아!

장샤오리 우 아저씨 잘 계세요?

첸 처장 그럭저럭 괜찮아.

장샤오리 아직도 담배 많이 태우세요?

첸 처장 (이상해하며) 그걸 네가 어떻게 알지?

장샤오리 아빠가 말해주셨어요, 저희 아빤 담배 끊었어요.
아저씨도 담배 좀 줄이시래요.

첸 처장 (곤혹스러워하며) 아빠? 아, 아버지 잘 계시지?

장샤오리 잘 계세요. 너무 바쁘세요. 꽃 키울 시간도 없으
시죠. 그래도 아저씨가 53년 베이징 회의 때 주신
그 선인장은 여전히 좋아하세요.

첸 처장 (깜짝 놀라 매우 기뻐하며)아, 너는 그러면……, 아이
고, 빨리 말해주지 않고! 어쩐지 우 서기님 담배
많이 피우는 것까지 알고 있더라니!

쑨 국장은 궁금하다는 듯 첸 처장에게 다가가고, 첸 처장은
쑨 국장에게 귓속말을 한다.

쑨 국장 (크게 놀라)뭐요?

쑨 국장은 급하게 한쪽에 공손하게 앉는다.

첸 처장 너무 잘 됐네, 잘 됐어! 자자자, 이리 오렴! (장샤오
리를 자기 옆에 끌어다 앉힌다) 넌 몇째니 !

장샤오리 53년에 아저씨가 베이징 오셨을 때, 전 아직 젖

먹이였죠.

첸 처장 아, 그럼 다섯째겠구나.

장샤오리 맞아요, 맞아요. 제가 다섯째예요.

첸 처장 요 녀석, 이름이 뭐야?

장샤오리 장샤오리에요. 작을 소 자의 샤오(小), 이상적(理
想的)이다 할 때 리(理)에요. 편한대로 부르세요.
성(姓)만 해서 장(張)군이라고 하셔도 되고, 그냥
이름으로 샤오리라고 하셔도 돼요. 7

자오 단장이 무대 뒤로 통하는 문을 통해 급하게 등장

자오 단장 언니……, 아, 벌써 서로 알아요?

첸 처장 어떻게 몰라? 우 서기님은 이십 년도 전에 얘 아
버지를 알았지. 우 서기는 얠 안아보기도 했었는
걸. 자오 단장, 얘가 어느 집 아이인지 알아?

---

7 [역주] 중국에는 손아랫사람의 성 앞에 소(小) 자를 붙여 부르는 호칭법
이 있다. 이 경우, 장샤오리는 샤오장(小張)이 된다. 이는 그의 본명
샤오장(小璋)과 발음이 똑같다. 또 그의 원래 성은 리(李)이기 때문에,
이 호칭으로 부르면, 샤오리(小李), 즉 가짜 이름 샤오리(小理)와 발음
이 같다. 이런 언어유희는 극 전반에 걸쳐 드러난다. 중국어로 발화하면
전도된 세계를 풍자하는 효과가 있지만, 한국어로는 유희를 살리기 쉽
지 않아 의미만 전달하였다.

자오 단장 알죠, 알죠. 제가 맞추었는걸요!

첸 처장 이게 뭐 맞출 거까지 있니, 한 눈에 딱 알겠는걸! 봐봐, 아버지랑 얼마나 닮았어!

쑨 국장 그러네요, 그래요. 똑 닮았네! 그야말로 판박이야!

첸 처장 자오 단장, 얘는 나랑 우 서기님 손님이니까, 앞으로 연극 초대 좀 많이 해줘!

장샤오리 첸 아주머니, 바쁘신 거 같은데, 저는 이만 가볼게요.

첸 처장 급할 거 뭐 있니!

장샤오리 내일 아침 일찍 베이징 가는 비행기를 타야 해서요.

첸 처장 더 놀다가지!

자오 단장 다음 주에 내부 영화도 몇 편 보기로 했잖아.

장샤오리 그 때 다시 비행기 타고 오려구요. 첸 아주머니, 다음에 뵈러 올게요!

첸 처장 좀 더 있다 가, 조금만. (장샤오리를 자기 옆에 앉힌다) 아직 너랑 얘기도 못 했는데. 이번에 베이징에서 왜 온 거야?

자오 단장 친구 보러 왔대요.

첸 처장 남자친구 아니면 여자친구?

장샤오리 저랑 같은 남자요.

자오 단장 샤오리, 너 사람 속이면 안 되는 거야!

장샤오리 절대로 사람은 속이지 않아요.

첸 처장 친구가 어디 있는데?

장샤오리 하이둥 농장이요.

첸 처장 응? 아직 못 올라왔어?

장샤오리 걔 아빠가 평범한 노동자라서 방법이 없네요. 그
　　　　　친구 때문에 애가 타요!

자오 단장 그럼 너희 아버지 인맥을 쓰면 되잖아!

장샤오리 저희 아빠 농장장을 몰라요.

자오 단장 (갑자기 생각나서) 쑨 국장님, 하이둥 농장 정 씨
　　　　　가 옛 전우 아닌가요?

쑨 국장 예, 맞아요. 맞습니다.

자오 단장 샤오리, 그럼 국장님께 농장장 만나서 그 친구
　　　　　신경 좀 써달라고 부탁드리면 되겠다!

쑨 국장 (난처한 기색을 띠며) 그게……

　　　자오 단장은 장샤오리에게 첸 처장한테 말해보라고 신호를
　　　준다.

장샤오리 첸 아주머니, 이 일로 쑨 아저씨 신세를 좀 져도
　　　　　될까요?

첸 처장 쑨 동지, 그냥 한 번 다녀와요?

쑨 국장 (황급히 대답하며) 좋습니다, 좋아요. 한번 해 보지요. 그 친구 이름이 뭐라고 했지?

장샤오리 리 씨에요. 이름은 샤오장, 57연대에 있어요.

쑨 국장 (펜으로 수첩에 적는다) 알겠어.

장샤오리 (너무 기쁘지만, 내색하지 않으며) 너무 잘 됐네요, 그 친구 올라오게만 해주신다면, 일단 내일은 베이징에 가지 않아도 돼요!

첸 처장 맞아, 여기서 기다리면서 며칠 더 놀아.

장샤오리 (아저씨, 언제쯤 답을 들을 수 있을까요?

쑨 국장 음, 일주일 뒤에 우리 집으로 오려무나.

장샤오리 좋아요! 일주일 뒤에 꼭 뵈러 갈게요!

첸 처장 맞다, 샤오리, 지금 어디서 묵니?

장샤오리 (무심결에) 난후 호텔이요.

첸 처장 몇 호실이니?

장샤오리 102호요.

첸 처장 당분간 베이징에 안 돌아가도 되니까, 우리 집에 묵으렴.

장샤오리 아니요, 아니에요. 호텔 아주 좋아요.

첸 처장 우리 집도 나쁘진 않아!

장샤오리 체크아웃도 해야 되고 번거로워요. 괜찮아요!

첸 처장 체크아웃이 번거로울 게 뭐 있어? (수화기를 들고)

내가 말할게!

장샤오리 (다급하게 전화기를 뺏으며) 제가 할게요. 앉으세요, 앉으세요.

첸 처장 번호 알아?

장샤오리 알아요!

장샤오리 아무렇게나 번호를 누른다.

무대 한쪽에 전화기 한 대와 전화를 받는 중년이 나온다.

장샤오리 여보세요, 난후 호텔이지요?

중년 뭐요? 난후 호텔? 아니요, 아닙니다. 여긴 장례식장입니다!

장샤오리 (첸 처장에게 고개를 끄덕여 전화가 연결됐음을 알린다) 나 102호에 투숙한 장샤오리입니다.

중년 잘못 걸었어요, 여긴 장례식장이라구요!

장샤오리 아, 장 동지, 다른 일은 아니고, 오늘 밤은 묵지 않으려구요.

중년 (혼잣말로) 뭐요? 내 성이 왜 장 씨가 됐어? (수화기에다) 내 성은 방 씨요!

장샤오리 아, 가방이요, 괜찮아요. 며칠 뒤에 가지러 갈게요.

중년 (아이가 없어) 하! (수화기에 대고 화를 내며) 밥 먹고 할 일이 그렇게 없어, 아니면 어떻게 된거야? 한밤중에 무슨 장난전화야?!

장샤오리 전화요? 저희 아버지 전화 안 하셨다구요? 전보는요? 네, 그것도 없다구요.[8]

중년 (큰 소리로) 이런 정신병자 같으니라고! ('떡' 소리가 나게 전화를 끊는다. 사라진다).

장샤오리 별말씀을요. 고마워요, 고맙습니다! (전화를 끊으며) 서비스 태도가 참 좋아요!

자오 단장 고급 호텔이잖니!

첸 처장 (일어나며) 샤오리, 가자!

장샤오리 네. 아저씨, 일주일 뒤에 답 주세요.

쑨 국장 그래, 그래.

장샤오리 흥분하여 쑨 국장 어깨를 두드리다가 자신이 가짜 신분임을 의식하고, 황급히 손을 거두고 어색하게 웃는다 —막이 내려온다.

---

8 [역주] 중년과의 통화 장면은 유사음을 활용한 언어유희로 이루어져 있다. 이를테면 '워싱리(我姓李,내 성은 리씨요)' 뒤에 '싱리 (行李, 아! 짐이요)'로 이어지는 형식이다. 언어유희를 살리기 위해 한국어 음에 맞게 내용을 조금 바꾸어 번역하였다.

제3장

일주일 후 어느 날 오전.

쑨 국장 자택 거실. 좌우 문은 각기 침실과 주방으로 통하고, 중간에 있는 문은 복도와 마당으로 통한다. 거실 안에는 칼라 TV와 스탠드형 라디오와 소파, 등나무 의자, 테이블, 전화 등의 물건이 있다.

막이 오르면, 저우밍화가 맨발에 바지통을 말아 올린 채로 무릎을 꿇고 바닥을 닦고 있다. 이미 오랜 시간 닦았다는 것이 확연히 보인다. 땀이 쏟아진다. 갑자기 메스꺼워 토하고 싶지만, 간신히 참아낸다. 잠시 쉬었다가 다시 바닥을 닦는다. 쑨 국장이 복도에서 거실로 들어온다.

쑨 국장 (불만스럽게) 아이구, 왁스칠 해놓은 마루를 어떻게 물걸레로 닦아?

(저우밍화 깜짝 놀라 어찌할 바를 모른다.)

쑨 국장 오늘 손님들 와서 식사하기로 했는데, 어떻게 할 거야? 하, 됐다, 됐어.

저우밍화 대걸레와 양동이를 들고, 오른쪽 문으로 들어간다.

퇴장.

쥐안쥐안 책 한 권을 들고 또 다른 문에서 등장.

쥐안쥐안 아빠, 왔어?

쑨 국장 방금 일어난 거야?

쥐안쥐안 아니, 9시에 일어났지. 침대에 누워서 소설책 봤어.

쑨 국장 참 팔자 좋구나! 쥐안쥐안, 엄마 집에 없다고 파출부 불렀어?

쥐안쥐안 아니.

쑨 국장 그럼 방금 바닥 닦던 애는?

쥐안쥐안 아, 내 친구.

쑨 국장 친구?

쥐안쥐안 걔가 일을 얼마나 잘하는데, 힘쓰는 거, 섬세한 거 못 하는 게 없어. 봐봐 (입은 치마를 가리키며) 이것도 걔가 어제 나한테 만들어 준 치마야, 나한테 스웨터도 떠 준댔어.

쑨 국장 그래? 저 애가 온 걸 왜 한 번도 못 봤지?

쥐안쥐안 이번에 아빠한테 부탁할 게 있어서 왔어.

쑨 국장 (싫다는 듯) 난 이미 충분히 바쁘단다!

저우밍화 옷이 가득 담긴 대야를 안고 등장.

쥐안쥐안 밍화야, 이리 와. 소개할게. 이분이 우리 아빠야.

저우밍화 아저씨, 안녕하세요!

쥐안쥐안 얘 성은 저우, 저우밍화라고 해. 작년에 농장에
서 올라와서 방직공장에 여공으로 있어.

쑨 국장 그래, 방금 전에 난 또…… (저우밍화가 들고 있는 대
야 가득한 옷을 가리키며) 내려 놓거라, 내려 놔. 쥐안
쥐안더러 빨라고 해!

쥐안쥐안 어머, 내가 이렇게 많은 걸 어떻게 빨아?! 세탁기
좀 사자니까, 여태 안 사고, 그냥 세탁소로 보내
자!

저우밍화 (옷 빨 기회를 놓칠까 걱정되어) 아니야, 아니야. 내
가 빨게!

저우밍화는 옷을 들고 퇴장하려 한다.

쥐안쥐안 밍화야, 잠깐만! 아빠!

쑨 국장 왜?

쥐안쥐안 밍화 남자친구가 농장에 있어. 안 지 이미 꽤 오
래됐거든. 결혼하고 싶은데 얘네 아빠가 허락을

안 해 줘. 남친이 농장에서 올라와야만 허락 해주시겠대. 아빠, 밍화 너무 불쌍하잖아, 아빠가 방법 좀 생각해 줘봐!

쑨 국장 네가 저 애 친구니까 가서 쟤네 아버지 좀 설득해봐라. 쟤네 아버지한테 그런 생각은 옳지 않다고 말씀드려. 우리나라에서는 직업의 귀천 같은 건 없다고. 농장에서 일하든 공장에서 일하든, 전부 인민을 위해 복무하는 것이고 모두 전도유망하다고.

쥐안쥐안 말이야 쉽지, 아빠가 가서 얘기해, 요즘 그런 말을 누가 들어!

쑨 국장 그럼 한두 해 좀 늦게 결혼하면 되잖아. 내 보기엔 얘 남자친구도 조만간 올라올 텐데 말이야!

저우밍화 아저씨, 더 미룰 수가 없어요……

쑨 국장 아직 젊잖아. 지금은 에너지를 일과 공부에 쏟아야지!

쥐안쥐안 아빠, 그러지 마! 아빠 하이둥 농장장 알잖아? 아빠가 가서 한 마디만 해줘. 전화도 괜찮아!

쑨 국장 너는 어떻게 아빠한테 그런 일을 하라고 해? 나는 국가간부야. 이게 원칙에 맞다고 생각해?

저우밍화 쥐안쥐안, 됐어. 아저씨 난처하게 하지 말자.

쥐안쥐안 아빠 지금 괜히 거드름 피우는 거야! 좋아! (저우밍화의 옷 대야를 받아 쑨 국장 손에 넘긴다) 이 옷들, 아빠가 빨아! 사람이 요 며칠 동안 일을 얼마나 많이 했는데, 완전히 헛수고한 게 됐잖아?!

쑨 국장 야, 야! 좋아, 좋아. 일단 그만하자, 그만해! (쥐안쥐안을 한쪽으로 데리고 가) 좀 이따가 손님이 오실 거야. 베이징 사람이라 만터우를 좋아해. 네가 가서 만터우 좀 사 오너라.

쥐안쥐안 너무 멀어, 난 안 가!

쑨 국장 차 있잖아!

쥐안쥐안 책 볼거야!

저우밍화 쥐안쥐안, 무슨 일이야?

쥐안쥐안 나더러 만터우 사오라잖아!

저우밍화 아저씨, 사지 마세요. 제가 만들 줄 알아요.

쑨 국장 그래? 그럼 잘 됐네, 잘 됐어. 주방에 가서 만들렴. 그런데 정오까지는 다 만들어야 되는데!

저우밍화 네.

쥐안쥐안 밍화야, 넌 참 착해!

저우밍화 우측 문으로 퇴장.

쥐안쥐안 아빠 너무 못 됐어. 다른 사람 도움은 받으면서, 아빠는 왜 안 도와줘?!

쑨 국장 쥐안쥐안, 너 앞으로 사람들 앞에선 말조심 좀 해.

쥐안쥐안 내가 한 말 다 사실이잖아!

쑨 국장 그것도 상황을 가려서 해야지!

쥐안쥐안 사실을 말하는데 상황을 보라구? 그럼 거짓말은?

쑨 국장 누가 거짓말을 했는데?

쥐안쥐안 아빠. 난 매일매일 아빠 거짓말 듣는데!

쑨 국장 야! 너 점점 제멋대로야! 네 엄마 오면 교육 좀 단단히 하라고 해야겠어!

쥐안쥐안 난 엄마 안 무서운데? 아빠가 엄마를 제일 무서워하지!

쑨 국장 하, 너, 너! 정말 너는 방법이 없구나. 방법이 없어!

쑨 국장은 어쩔 수 없다는 듯 고개를 흔들고. 왼쪽 문으로 퇴장.

쥐안쥐안은 소파에서 책을 본다.

쥐안쥐안 밍화야, 뭐해?

저우밍화의 소리. "반죽해!"

쥐안쥐안 와서 나랑 같이 있자!

저우밍화 반죽 한 대야를 들고 등장.

쥐안쥐안 밍화야, 우리 엄마가 집에 없어서 뭐든 다 너한
테 의지하네!

저우밍화 별 거 아냐. 너희 아빠가 내 남자친구 농장에서
빼 주기만 한다면 뭐든 다 도울게!

쥐안쥐안 걱정 마, 우리 아빠 괜히 잰 척하는 거야. 아빠
지금 내 일 처리 때문에 바쁘거든. 그것만 지나가
면 아빠한테 다시 말해 볼게.

저우밍화 너한테 또 무슨 일이 있어? 넌 진작에 올라왔잖
아?

쥐안쥐안 우리 남편이 아직 남았잖아. 동북 지역에 있어.
며칠 전에 우리 엄마가 남편한테 갔거든. 아빠가
어렵사리 부탁해서 받아낸 편지 가지고. 거기 대
장 만나서 내 남편 데려오려고.

저우밍화 희망이 보여?

쥐안쥐안 어쨌든 우리 아빠가 있으니까.

저우밍화 정말 부럽다!

쥐안쥐안 네 남친도 올라올거야. 밍화야, 네 남친 나 아직 못 만나봤네. 잘 생겼어?

저우밍화 (부끄러워하며) 평범해.

쥐안쥐안 너 그 사람 엄청엄청 사랑해?

저우밍화 원래는 많이 사랑했는데……

쥐안쥐안 원래는?

저우밍화 그 애가 처음 농장에 왔을 땐 정말 좋았어. 포부도 있고, 똑똑하고, 뭐든 배우면 금방 해내구. 연기도 잘해. 그런데 우리 농장이 갈수록 잘 안 됐어. 살 길 찾아 갈 사람은 가고, 도망칠 사람은 도망쳤어. 원칙적으론 재작년에 그 애도 도시로 올라올 수 있었어. 근데 다른 사람한테 밀릴 줄 생각도 못 했지. 그래서 그 애가 의기소침해졌어. 나중에는 담배도 피우고, 술도 마시고, 점점……

쥐안쥐안 그럼 지금은 사랑 안 해?

저우밍화 아니, 그 애는 좋아질 거야.

자오 단장이 복도에서 거실로 들어온다

자오 단장 쥐안쥐안!

쥐안쥐안 아줌마!

자오 단장 자, 표 주려고 왔어!

쥐안쥐안 아, 너무 좋아요!

자오 단장 (표 몇 장을 꺼내) 전부 내부참고용 외국영화야.

쥐안쥐안 (표를 받으며) 또 더 있어요?

자오 단장 욕심도 많다! 우리 극단이 삼백 명이 넘는데 내
부 영화는 열 몇 장 밖에 안 와. 매번 표 오면 추
첨하느라 야단법석이야. 매번 너한테 두 장씩 갖
다 주는데, 그래도 만족할 줄을 모르네?

쥐안쥐안 아줌마, 고맙습니다!

자오 단장 아빠는?

쥐안쥐안 안에요. (부른다) 아빠, 자오 아줌마 오셨어요!

쥐안쥐안 퇴장.
쑨 국장 왼쪽 문에서 등장.

쑨 국장 (냉담하게) 어? 어떻게 오늘 오셨소?

자오 단장 베이징에서 온 샤오리한테 일주일 뒤에 답 준

다고 하셨잖아요?

쑨 국장 (불만스럽게) 단장도 이 일에 관심이 있어요?

자오 단장 힘 좀 보태고 싶어서 그러죠! 제가 사람 잘 돕는 건 누구라도 다 알잖아요! (핸드백에서 마오타이주를 꺼낸다) 제가 국장님 드리려고 다른 사람한테 부탁해서 구해온 거예요.

쑨 국장 (놀라며 기뻐한다. 그러나 곧 짐짓 엄숙한 체하며) 이게 지금 뭐하는 거요!

자오 단장 제가 술을 하는 것도 아니고, 집에 둬봤자 무슨 소용이에요. 국장님 애주가이신 거 알고 가져왔어요.

쑥 국장 하지만 난 사람들이 이러는 거 좋아하지 않아요!

자오 단장 그렇죠. 이게 다른 술이었으면 가져오지도 않았죠. 근데 이건 일반 마오타이가 아니라 특제예요. 수출용. 몸에 좋은 게 많이 들었을 걸요.

쑨 국장 아, 특제? 일반 마오타이가 아니고?

자오 단장 그렇다니깐요. 여러 사람한테 부탁해서 어렵게 구한 거예요.

쑨 국장 그럼……, 그럼 두고 가시오! 하지만, 돈을 안 받으면 나도 안 받겠어요.

자오 단장 돈 주실 거면, 그냥 가져가구요!

쑨 국장 (웃으며) 자네 이거? 좋아요, 좋아. 나중에 다시 얘기해요. 나중에.

쑨 국장은 마이타이주를 거실장에 넣는다.

자오 단장 샤오리 일은 어떻게 됐어요?

쑨 국장 샤오리 오면 다시 얘기합시다.

자오 단장 (떠보듯) 쥐안쥐안 남편은 동북지역에서 올라왔죠?

쑨 국장 쥐안쥐안이 아무렇게나 떠드는 말 듣지 말아요. 난 그런 일 관여 안 해요!

침묵.

자오 단장 국장님, 제 집 문제는……

쑨 국장 내가 말하지 않았소. 내가 어찌해줄 수가 없어요.

자오 단장 국장님이시잖아요!

쑨 국장 지금 사는 곳 아주 좋잖아요. 뭐하러 더 큰 집으로 옮겨요? 단장도 당 간부잖아요. 고난을 견디고 검소할 줄 알아야지!

자오 단장 그렇지만 저랑 같이 혁명에 참가했던 사람 중

에 어떤 사람은 벌써 20평도 더 되는 곳에 산다구
요!

쑨 국장 차이는 언제나 있을 수밖에 없어요.

자오 단장 국장님……

쑨 국장 아니면 시 위원회 선전부에 한번 가보던가!

자오 단장 (보고서 하나를 꺼내며)제가 보고서를 하나 썼어
요. 국장님이 마 부장님께 전해주시면 좋겠어요.

쑨 국장 마 부장님 해외 나가셨어요.

자오 단장 먼저 마 부장님 비서한테 전해 주세요.

쑨 국장 안 돼요, 내가 전해주면 그게 바로 내 입장이 되
는 거요. 내 생각에는 나중에 다시 얘기하는 게
좋겠소.

자오 단장 샤오리 일도 지금 처리해주고 있으면서.

쑨 국장 그건 시 위원회 부인이 직접 부탁한 거잖아요. 만
약 단장 일도 윗선에서 동의를 해준다면 해 볼 수
있지.

자오 단장 국장님……

전화가 울리고, 쑨 국장이 가서 받으려고 한다. 쥐안쥐안이
오른쪽 문에서 뛰어 나온다

쥐안쥐안 아빠, 내가 받을게요! (전화를 받으며) 맞아요, 맞아요. 네. (흥분하여 쑨 국장에게) 아빠, 동북에서 엄마가 건 장거리 전화예요.

쑨 국장 그만 왝왝거려. 시끄러워 죽겠네. (자오 단장에게) 갑시다, 안에 가서 앉으시죠.

자오 단장 네, 네! (느릿느릿 일어나다가, 갑자기 일부러 발을 헛디딘다) 아야! (소파 위에 넘어지며) 아야야!

쑨 국장 왜 그래요?

자오 단장 발을 삐었어요.

쑨 국장 참 공교롭네요!

쥐안쥐안 많이 아프세요?

자오 단장 좀 풀어줘야 되겠어요.

자오 단장 일부러 발을 주무른다.
쑨 국장 마음이 급해진다.

쥐안쥐안 (계속 전화를 받으며) 엄마! 나야. 나 쥐안쥐안! ─ 뭐? 아빠가 받아낸 편지가 큰 역할을 했다구? 다행이야! 너무 잘됐어! 그 사람들이 그이 돌려보내는 거 동의했어?! (흥분하여 쑨 국장에게) 아빠, 들었어? 들었냐구?

자오 단장 국장님, 쥐안쥐안이 들으셨냐고 묻는데요?

쑨 국장 끊어, 끊어!

쥐안쥐안 (계속 전화를 받으며) 네, 네. (전화를 끊고. 쑨 국장에게) 엄마가 그러는데, 그쪽에서 보내기로 동의했대. 아빠 빨리 이쪽 전입 명령서 구해서, 얼른 부치래.

쑨 국장 네 일 난 관여 안 한다. 너희들 일 전부 다 관여 안 해!

쥐안쥐안 관여 안 한다구? 흥!

쥐안쥐안 오른쪽 문으로 퇴장.

쑨 국장 화가 나서 왼쪽 문으로 퇴장하려고 한다.

바깥에서 소형차 경적 소리.

쑨 국장 (몸을 돌려 자오 단장을 재촉하며) 아직 볼 일이 남았나?

자오 단장 (일부러 아픈 척하며) 아이고, 내 발!

쑨 국장 복도로 통하는 문으로 퇴장.

잠시 후. 쑨 국장과 장샤오리 함께 등장. 장샤오리는 과일 한 바구니를 들고 있다.

장샤오리 아저씨, 이 과일 바구니 첸 아주머니가 갖다 드
리라고 하셨어요.

쑨 국장 아! 감사하다고 전해 드리렴!

장샤오리 작은 성의인데, 뭘요!

자오 단장 샤오리!

장샤오리 아주머니, 아주머니도 여기 계셨어요?

자오 단장 와, 앉아, 앉아.

장샤오리 소파에 앉는다.

쑨 국장 (담배를 장샤오리에게 건네며) 담배 피우게!

장샤오리 아니요! ('555' 담배를 꺼내며) 이거 태우세요!

장샤오리는 쑨 국장과 자오 단장에게 담배를 권한다.

자오 단장 차 타고 왔지?

장샤오리 네, 우 서기님 차 타고 왔어요.

자오 단장 응? 우 서기님 차?

장샤오리 아저씨 황산에 회의하러 가셨거든요. 제가 그날
밤 그 집에 들어가고, 다음 날 아침 일찍 아저씨
는 떠나셨어요. 그래서 첸 아주머니가 저 타라고

내주셨어요.

쑨 국장 그럼 아직 우 서기님 못 뵈었겠구나?

장샤오리 아직 제가 온 것도 모르시는걸요.

자오 단장 아주머니가 잘 해주시지?

장샤오리 아이가 없으셔서 꼭 자식처럼 대해주세요. 아저씨, 첸 아주머니가 여쭤보라고 하셨는데, 그 일은 어떻게 잘 처리됐어요?

쑨 국장 (곤란해하며) 이 일은 쉽지 않겠구나!

장샤오리 (조심하며) 왜요?

쑨 국장 어제 내가 농장장한테 갔었어. 농장장 말이, 요 근래 도시전출하고 대체근무9가 너무 엉망이라고 시 위원회에서 비판이 나왔대. 지금 재정비 중이라 당분간 이런 일 처리가 정지되었다는구나.

자오 단장 원론적인 말만!

장샤오리 아저씨, 그분한테 리샤오장 건은 특수상황이고, 거기다 시 위원회 서기 부인이 직접 맡긴 일이라고 얘기하셨어요?

쑨 국장 말했어, 소용없어. 농장장 말이, 전출업무 멈추라

---

9 [역주] 은퇴한 부모를 대신해서 자녀가 취업하는 제도, 1950년대부터 80년대까지 시행되었다.

고 한 게 우 서기님이래. 합법이든 편법이든 다시
시작하려면 우 서기님 본인이 직접 쓴 명령서가
필요하대.

장샤오리 우 서기님 명령서가 아니면 안 된다구요?

쑨 국장 증빙서류 없이 구두로만 얘기했다가 나중에 조사
나오면 성가신 일 생길까봐 그러는 거지.

장샤오리 (화가 나서) 설마 시 위원회 서기 부인이 한 말인
데, 그것도 소용이 없다구요? 네? 좋아요, 첸 아주
머니한테 가겠어요!

쑨 국장 샤오리, 좀 기다려 봐!

장샤오리 이미 일주일이나 기다렸어요!

쑨 국장 하지만 우 서기님 명령서가 없으면 아무도 이 일
에 책임을 질 수가 없어!

자오 단장 첸 언니 말로는 우 서기님 원칙이 강하시다던
데. 명령서를 안 써 주실지도 모르겠어요.

쑨 국장 그러니까요!

장샤오리 아주머니, 이 일을 어떻게 하면 좋을까요?

침묵

자오 단장 (생각하며) 너희 아버지를 내세우는 수밖에 없겠

는데!

장샤오리 어떻게요?

자오 단장 우 서기님한테, 리샤오장하고 너희 아버지가 특별한 관계라고 말하는 거야.

장샤오리 무슨 관계요?

자오 단장 (갑자기 기발한 생각이 떠올라) 네 아버지를 구했던 거야!

장샤오리 우리 아버지를 구해요?

자오 단장 그래! (말을 하면서 동시에 생각한다. 말할수록 더 흥분되며) 이렇게 말하는 거야. 문화혁명 초기에 리샤오장이 베이징경험교류대에 있었어. 그래, 마침 네 아버지가 규탄받는 걸 보고, 리샤오장이 네 아버지를 구한 거야. 아버지를 숨겨주고, 음, 몇 달을 숨겨준 거지. 네 아버지가 복권되서 다시 일을 하게 된 후에도 계속 이 일을 기억하고 계셨던 거야, 너무 고마워서. 그래서 이번에 특별히 너를 불러다 우 서기님한테 리샤오장 도시전출 문제를 좀 해결해달라고 청하게 된 거지. 우 서기님이 네 아버지 부탁인 걸 알면, 거기다 리샤오장이 네 아버지를 보호했었다는 이야기까지 들으면 명령서를 써 줄지도 몰라. (의기양양하게) 어때?

장샤오리 (천천히 고개를 끄덕이며) 아저씨, 어떠세요?

쑨 국장 음. 시도해 볼만 하겠어. 시도해 볼만 해.

장샤오리 좋아요! 아주머니, 방법 생각해주셔서 감사합니
다! 반드시 우 서기님이 명령서를 쓰시게 만들겠
어요!

쑨 국장 그럼 이 일은 아주 수월해지지!

호텔 종업원이 요리가 가득한 도시락을 들고 등장.

쑨 국장 여기 두세요!

종업원은 요리를 꺼내 내려두고 퇴장.

쑨 국장 대접할 게 없네. 샤오리, 그냥 편하게 먹자. 만터
우가 다 됐나 보고 올게. 앉아들 계세요.

쑨 국장 오른쪽 문으로 퇴장.

자오 단장 안타깝게도 우리 집이 너무 작아서. 아니면 나
도 우리 집으로 초대해서 밥 한 끼 대접했을 건데.

장샤오리 아주머니 집 몇 평인데요?

68

자오 단장 에휴, 묻지 마, 코딱지만 해. 세 사람이 15평에서 살아. 보고서를 써서 좀 큰 데로 가고 싶은데, 상관이 바빠서 신경 쓸 틈이나 있을까 모르겠네. 아. 샤오리, 네가 나 좀 도와서 마 부장님한테 보고서 좀……. 아, 아니다. 우 서기님한테 좀 건네줄래? 건네는 김에 우리 집 사정도 좀 얘기해 주고. 우 서기님이 한 마디만 해주면 되는데.

장샤오리 네. 문제없어요. 저만 믿으세요!

자오 단장 (보고서를 장샤오리에게 주며) 정말 고마워!

장샤오리 제가 감사하죠.

쑨 국장이 오른쪽 문에서 등장.

쑨 국장 만터우 곧 나옵니다! 앉아요, 앉아요!

자오 단장 쑨 국장님, 저 먼저 실례할게요!

장샤오리 왜요, 가시게요.

자오 단장 발도 이제 안 아프니, 안 가고 뭐해요?

쑨 국장 그럼 붙잡지 않겠소!

자오 단장 갈게요! 안녕!

자오 단장 복도로 통하는 문으로 퇴장.

쑨 국장 샤오리, 자오 단장이 너한테 무슨 부탁했지?

장샤오리 별일 아니에요. 큰 집으로 이사가게 보고서 하나 전해 달라구요.

쑨 국장 샤오리, 넌 간부의 자제야. 네 행실에 신경을 써야 돼. 저 사람들이 당 조직을 통하지 않고 되는 대로 너한테 부탁하는 건 응대하면 안 돼요!

장샤오리 상관없어요. 전 도울 수 있는 건 항상 도와요.

쑨 국장 (기뻐하며) 그래? 정말이니?

장샤오리 네, 아저씨, 제가 뭐 도울 일 있으면 아저씨도 뭐든 말씀하세요!

쑨 국장 그게……(우물쭈물 말을 못 하며) 아니다, 아니야. 너무 번거롭게 하는 것 같구나.

장샤오리 말씀하세요. 제가 무슨 남도 아니고, 뭘 걱정하세요?

쑨 국장 음……, 나한테 사위가 하나 있는데, 동북지역 산골짜기에 있어. 소속부서에서는 도시전출을 이미 허락했는데, 우리 쪽에서 명령서를 또 보내야 된대……

장샤오리 네네, 보고서 쓰시면 제가 우 서기님한테 몇 마디 해드릴게요. 잘 될 거예요.

쑨 국장 그래, 그래! 내가 당장 쓰마!

쑨 국장은 기뻐하며 왼쪽 문으로 퇴장.

장샤오리는 쑨 국장 집 인테리어를 감상한다.

저우밍화가 만터우를 내 온다. 만터우를 탁자 위에 올려놓고 퇴장하려고 한다. 이때 장샤오리의 뒷모습을 보고 멈춰 누군 지 보려고 쳐다본다. 결국 리샤오장임을 알아본다.

저우밍화 샤오장!

장샤오리 깜짝 놀란다.

저우밍화 샤오장, 너였구나!

장샤오리 (크게 놀라) 밍화야! (즉시 뛰어간다) 너 왜 여기 있 어?

저우밍화 너 때문이잖아?!

장샤오리 나 때문이라고?

저우밍화 쑨 국장님 딸이 나랑 친구야.

장샤오리 (이해하고) 아…… (저우밍화를 살펴보며. 만감이 교차하 고 고마움에 저우밍화의 손을 잡고) 밍화— 너……

장샤오리 손수건을 꺼내 어루만지듯 저우밍화 얼굴의 땀을 닦는다.

저우밍화 넌 왜 여기 있어?

장샤오리 일단 묻지 마, 나중에 말해줄게!

쥐안쥐안 왼쪽 문에서 뛰어서 등장.

쥐안쥐안 밍화야!

장샤오리와 저우밍화 황급하게 떨어진다.

장샤오리 (쥐안쥐안을 친절하게 맞으며) 네가 쥐안쥐안이지?

쥐안쥐안 응, 맞아. 안녕! 너희 서로 알아?

저우밍화 얘가 바로 내 남자친구……

장샤오리 (황급하게 끼어들며) 밍화 남자친구의 친구야. 리샤오장의 친구.

쥐안쥐안 뭐라구? 너도 리샤오장을 알아?

저우밍화 얜……

장샤오리 (황급하게 끼어들며) 왜 몰라? 리샤오장은 하이둥 농장 지식청년이야, 나랑 동갑이고, 생긴 것도 비슷해. 안 지는 꽤 오래됐어. 내가 이번에 베이징에서 온 건 그 친구를 농장에서 빼낼 방법을 찾기 위해서야!

쥐안쥐안 그래? 그럼 너무 잘 됐네! 밍화야, 얘 아빠가 고
위간부야. 우리 아빠보다 더 방법이 많아!

저우밍화 얘 아빠가 고위간부라구?

쥐안쥐안 몰랐어? 방금 우리 아빠가 얘기하는 거 들었어.

저우밍화 뭐라구?

장샤오리 생각지도 못 했지?

저우밍화 너……

장샤오리 난 리샤오장과 너를 위해 이러는 거야!

쥐안쥐안 그럼 너무 잘 됐다. 방법이 생겼다고 아빠한테
가서 말해야지!

쥐안쥐안 왼쪽 문으로 뛰어서 퇴장.

저우밍화 (분개하며)샤오장, 너 어떻게 사람을 속일 수 있
어?

장샤오리 밍화야, 저 사람들도 다 사기 치고 있어. 너무
순진하게 굴지 마!

저우밍화 그건 안 돼!

장샤오리 농장에서 올라올 방법 생각하라고 하지 않았어?

저우밍화 그래도 이건 아니야!

장샤오리 그럼 무슨 방법이 있는데? 나한테 빨리 결혼하자

고 했잖아. 더는 미룰 수 없다고 하지 않았어?

저우밍화 (누그러져서, 혼잣말로) 그래, 더는 미룰 수 없
어⋯⋯

쑨 국장과 쥐안쥐안이 왼쪽 문에서 등장.

쥐안쥐안 (보고서 한 부를 장샤오리에게 건네며)우리 아빠가 쓰
신 거야. 너 정말 멋지다. 한 번에 두 가지 일을
해결해줬네! 어쩐지 우리 아빠가 식사 초대를 하
더라니!

쑨 국장 자자자, 앉으세요! 앉읍시다, 앉아요!

쑨 국장, 쥐안쥐안, 장샤오리 앉는다.
저우밍화 오른쪽 문으로 퇴장하려 한다.

장샤오리 저우밍화!

저우밍화가 멈춘다.

쥐안쥐안 맞다, 밍화도 있었잖아, 같이 먹자!

쑨 국장 쥐안쥐안―

74

장샤오리 아저씨, 쟨 리샤오장의 친구면서 제 친구이기도
해요.

쑨 국장 그래, 그럼 같이 먹자, 같이 앉아!

장샤오리 아저씨, 테이블을 이쪽으로 옮겨요. 쥐안쥐안,
이쪽에 앉아. 아저씨, 이쪽에 앉으시구요. (저우밍
화 앞으로 걸어가 그녀를 데리고 와) 밍화야, 이리 와,
여기 앉아!

저우밍화 식탁 앞에 앉는다. 몸을 돌리고는 조금도 움직이지
않는다.

장샤오리 (만터우 한 개를 저우밍화에게 건네며) 뜨거울 때 먹어!

저우밍화 고개를 들어 장샤오리를 쳐다본다.
막이 내려온다.

제4장

다시 일주일 후. 오전.

시 위원회 우 서기의 자택.

시 위원회 서기가 사는 집은 그 외관과 내부가 도대체 어떻게 생겼을까? 안타깝게도 이 극의 작가와 절대 다수 관객들은 가 본 적이 없어 이에 대해 아는 바가 없다.

삼엄한 경비와 몇 겹의 문 너머 깊은 곳에 꽁꽁 감춰져 있던 예전과 달리, 오늘날 시 위원회 서기 동지들이 대문을 활짝 열고 평범한 시민들이 마음껏 찾아올 수 있게 한다면 작가는 서기 집을 묘사하는 장면에서 이렇게 힘들게 추측하지 않아도 되었을 것이다.

막이 오르면 장샤오리가 거실에서 책을 보고 있다.

첸 처장 등장.

첸 처장 샤오리, 일어났니?

장샤오리 아주머니! 아저씨 일어나셨나요?

첸 처장 아직이야, 황산에서 보름이나 회의를 했으니 녹초가 되었겠지. 어젯밤에 막 돌아왔으니까, 오늘은 좀 자게 내버려 두려구.

장샤오리 리샤오장 일은 아저씨께 말하셨어요?

첸 처장 말했어.

장샤오리 뭐라서요?

첸 처장 하, 지식청년들 전근하고 대체근무가 중단된 건, 시 위원회 결정이라 그이도 어길 수가 없대.

장샤오리 네? 리샤오장이 저희 아버지를 지켜 준 적이 있는 특별한 관계인 것도 말하셨어요?

첸 처장 말했어. 그 리샤오장이 너희 아버지 생명의 은인이라고. 너희 아버지를 지키다가 다치기까지 했다고 말이야. 그날 네가 말해준 것보다 더 구체적이고 실감나게 말했어. (웃는다) 말하면서 나도 믿겠더라니까.

장샤오리 아저씨는 뭐라고 하세요?

첸 처장 리샤오장이 네 아버지랑 특별한 관계라고 해도 사적인 감정 때문에 당 정책을 어길 순 없다고만 하네.

장샤오리 그렇게 심각한 게 아닌데.

첸 처장 에그, 이 영감이 이래. 무슨 일이든 원리원칙대로 정책을 따진다니까. 나한테도 똑같애. 이번에 황산 가서 회의 한다길래 원숭이 한 마리 갖다 달랬거든. 그 황금원숭이 있잖아. 근데 못 가져온다구 끝까지 버티더라구. 그리고, 중앙에서 곧 대규모 대표단을 해외에 파견할 거라 내 자리도 하나 맡아 달랬지. 두 명이면 더 좋고. 저 이랑 같이 외국 좀 둘러보려고. 근데 그것도 안 된대! 저 이는 사상이 진짜 좀 극좌적이야. 사상 해방이 조금도 안 됐다니까!

장샤오리 그럼, 리샤오장 일은 아예 희망이 없네요?

첸 처장 아, 네가 시 위원회 결정이 나오기 전에 한두 달만 일찍 왔으면 처리하기 쉬웠을 텐데.

장샤오리 제가 그걸 어떻게 알았겠어요? 잠깐 엄격했다가 금방 느슨해지고, 또 풀어주나 싶으면 금세 막고! 벌써 리샤오장한테 잘 될 거라고 편지 보냈는데, 이제 와서 저더러……(갑자기 얼굴을 가리고 운다)

첸 처장 아가, 아가, 괜찮아. 조급해하지 말구! 아줌마가 다시 방법을 찾아줄게.

장샤오리 다른 건 상관없는데, 아빠가 알면 이상하게 생각하실까봐 걱정돼요.

첸 처장 아빠한테는 일단 말하지 말아 봐. 그냥 지금 잠깐 중단된 거니까, 요거 좀 지나면 리샤오장이 첫 번째로 전출되게 해줄게.

우 서기 안방에서 등장.

우 서기 무슨 일이야?

첸 처장 봐요, 당신이 명령서를 안 써주니까 이 녀석이 다급해져서 울잖아요.

장샤오리 (손수건으로 눈물을 닦고) 아저씨!

우 서기 이해가 잘 안 되지? 얘야, 이 일은 간단하지가 않아. 안 좋은 영향이 갈 거야. 그 리 씨 성을 가진 농장 청년도 그렇고, 너도, 그리고 네 아버지한테도 모두 안 좋아!

첸 처장 여보, 이러면 얘 아버지가 어떻게 생각하겠어요?

우 서기 우리 나름의 애로 사항이 있는 거잖아. 아니면 밤에 내가 전화해서 설명할게.

장샤오리 (놀라서) 저희 아빠한테 전화하신다고요?

우 서기 (장샤오리를 살펴보기 시작하며) 어떨 것 같니? 네 아버지를 못 뵌 지 20년도 넘었구나. 전화하면서 안부도 좀 묻고. (장샤오리의 반응을 관찰한다) 괜찮겠나?

장샤오리 (재빨리 평정을 회복하여) 물론 좋죠. 그럼 제 탓도 안 하실 거구요. 제가 일 처리를 잘 못 했다고 생각하실 거거든요. 아저씨, 그렇게 하세요. 그럼 일 보세요!

장샤오리 가려고 한다.

우 서기 애야, 어디 가니?

장샤오리 요 며칠, 매일 저녁 연극을 봤더니 피곤하네요. 좀 자려구요.

우 서기 좀 더 앉아 있어, 자자, 담배 피우나? (한 개비를 장 샤오리에게 건넨다) 한 대 태우렴, 태워!

장샤오리 감사합니다. 제가 할게요.

우 서기 어릴 때부터 베이징에서 살았나?

장샤오리 네.

우 서기 어쩐지 표준말을 잘 하더라. 아버지가 어디 분이 시지?

장샤오리 저희 아빠요?

우 서기 그래.

첸 처장 아이고, 나이 들어서 기억도 가물가물한가봐. 쓰 추안 분이잖아요. 그걸 누가 몰라요?

우 서기 그냥 물어본 거지. 사는 얘기 하려고.

장샤오리 첸 아주머니 말씀이 맞아요. 저희 아버진 쓰추안 분이에요.

우 서기 아버지가 34년에 혁명에 참가하셨지?

첸 처장 무슨 34년이에요? ……

우 서기 (첸 처장 말을 끊으며) 당신이야 다 알지!

장샤오리 아저씨, 잘못 기억하시네요. 34년이 아니라 24

년이에요. 25년 6월에 입당해서 27년 10월에 징강산에 들어가셨구요. 28년에 소대장으로 승진하고, 29년에 단장이 되셨고, 30년에 부상을 입었고, 31년에……

첸 처장 아, 이 영감이 이런 건 뭐하러 물을까? (장샤오리가 방금 보던 책을 우 서기에게 건네며) 여기 애 아버지 회고록이에요. 여기 상세하게 나와 있어요.

장샤오리 아저씨, 더 말씀하실 거 있으세요?

우 서기 아니, 그냥 얘기하는 거지. 그 일은 내가 아버지께 전화 걸어 설명하마, 넌 가서 쉬거라.

장샤오리 네.

장샤오리 퇴장.

첸 처장 정말 전화 하려구요?

우 서기 제대로 물어봐야지, 당신도 참, 사실 확인도 제대로 안 하고 내 차를 저 애한테 주다니, 만약에 문제라도 생기면 뒷감당을 어떻게 하려고!

첸 처장 당신 차가 뭐 특별해요? 쟤는 베이징에서 '다훙치(大紅旗)' 탈 텐데. 아, 당신 저 애 의심하는 거구나? 어쩐지 그래서 방금 그렇게 캐물은 거야?

우 서기 당신이 계속 끼어드는 바람에 계속 묻지도 못했잖아.

첸 처장 가짜일 수가 없어. 만약에 가짜였으면 마 부장이 연극 보라고 소개 시켜줬겠어? 게다가 만약에 가짜라면 저 애가 어떻게 당신이 53년에 그 집에 갔던 걸 알고, 쟤 아빠한테 선인장 줬던 걸 알겠어?

우 서기 돌다리도 두들겨 봐야지.

첸 처장 틀릴 수가 없어. 만약 진짜가 아니면 우리 집에 머물 정도로 누가 저렇게 담이 크겠어! 그 일 그냥 처리해 줘!

우 서기 아니, 명령서는 나중에 다시 얘기해.

첸 처장 됐어! 당신은 구실을 찾는 거야. 아예 해 줄 마음이 없지. 당신한테는 뭘 부탁해도 똑같애. 황금원숭이는 왜 안 갖고 왔어?

우 서기 내가 서기인데, 비행기에서 원숭이를 갖고 내리는 게 말이 돼?

첸 처장 그럼 나 해외대표단 보내주는 건?

우 서기 자리가 없잖아!

첸 처장 중앙에 두 명 더 얘기 못 해?

우 서기 그게 그렇게 쉬워?

첸 처장 당신 마음속에 내가 없는 거지. 어떤 사람들은 몇

명씩 보내는데, 당신은 고작 한두 명도 말 못 해?

우 서기 당신은 시 위원회 조직부 정치처 처장이야, 외국 나가서 뭐하게?

첸 처장 4개 현대화[10]를 위해서 참관하고 배우려는 거잖아!

우 서기 자본주의 국가에 가서 당의 정치사상을 공부하겠다고? 말 같지도 않은 소리를!

첸 처장 말 같지 않은 건 당신이지! 참전 간부들 벌써 다 아내 데리고 외국 나갔다 왔어. 당신은? 나 데리고 간 적 있어? 응? 그리고 요 10년 동안 내가 당신 따라 얼마나 고생하고, 얼마나 시달렸는데. 하마터면 죽을 뻔도 했잖아! 인제 사인방 실각했잖아. 당신이랑 외국 나가서 바람도 쐬고, 노는 게 왜 안 돼?

첸 처장 토라져서 한 쪽에 앉는다.

우 서기 (달래며) 그래, 그래, 나중에 기회가 생기면 다시

---

10 [역주] 1964년 저우언라이가 발표한 공업, 농업, 국방, 과학기술 분야의 현대화 계획.

얘기하자!

첸 처장 언제까지 기다려야 되는데? 당신 퇴직할 때까지? 아니면 당신 죽은 뒤에?

우 서기 알았어, 알았어. 다시 생각 좀 해볼게, 가능한 거면 꼭 당신 가게 해줄게. 여보, 여보, 그러면 되지? 으이구, 당신도 참!

우 서기 퇴장.

이와 동시에 장샤오리가 황급히 자전거를 타고 무대 측면에서 무대 앞으로 나온다. 무대 앞에 전화가 한 대 있다. 그는 수화기를 들고 번호를 누른다. 우 서기 집 거실의 전화가 울린다.

첸 처장 전화를 받는다.

첸 처장 여보세요, 어디신가요?

장샤오리 우 서기님 댁인가요?

첸 처장 맞는데요.

장샤오리 경비실인데요. 베이징에서 장거리 전화가 왔으니 기다리세요. (쓰촨안 어투로 바꾸어) 누구신가요?

첸 처장 우 서기 아내인데요. 누구시죠?

장샤오리 장샤오리 애빕니다.

첸 처장 (놀라며) 아! 장 위원님!

장샤오리 성이 첸이었던가요?

첸 처장 맞아요, 맞아요!

장샤오리 아직 만난 적은 없는데, 내가 첸 여사라고 하는 게 맞겠소? 아니면 제수씨라고 하는 게 맞겠소?

첸 처장 당연히 제수씨라고 하셔야죠!

장샤오리 제수씨, 우리 애 샤오리가 편지를 보냈는데 그 애가 그 집에 있다고 합디다. 그러면 안 되지, 일도 바쁜데 성가시게. 내보내시오!

첸 처장 아니요, 아니에요. 샤오리가 여기 있으니 좋기만 한데요. 제가 있으라고 한 거니까 염려 마세요!

장샤오리 그 애가 철이 없고 멋대로예요. 혼낼 건 혼내고 엄하게 해줘요!

첸 처장 아니에요, 아니에요. 아주 착해요. 저랑 우 서기랑 다 그 아일 좋아해요. 어르신, 요즘 일 바쁘시죠?

장샤오리 너무 바빠요. 곧 대규모 대표단이 해외로 나가는데 그 기획을 내가 책임지게 됐어요.

첸 처장 (크게 기뻐하며) 그래요? 어르신, 그 대규모 대표단 사람이 많나요?

장샤오리 물론 많죠, 대규모니까요!

첸 처장 인원 다 확정됐어요?

장샤오리 일부는 아직이요. 관심 있나 봐요?

첸 처장 물론 관심이 있죠. 해외로 나가는 건 다 배우기 위한 거잖아요! 우 서기도 관심이 있구요.

장샤오리 알겠어요. 내가 두 사람 이름 써넣겠소.

첸 처장 너무 잘 됐네요.

장샤오리 우 서기 집에 있소?

첸 처장 있어요. 잠시만요. (집 안을 향해 부르며) 여보!

우 서기 등장.

첸 처장 (기쁘게) 장 위원님 전화에요. 당신 찾으시네!

우 서기 (이상해하며) 그래? (전화를 받으며) 장 위원님이세요?

장샤오리 맞아, 맞아요. 우 서기인가?

우 서기 네, 접니다.

장샤오리 잘 지냈소!

우 서기 안녕하셨어요!

장샤오리 방금 첸 동지한테 말했는데 당 중앙에서 두 사람 해외 대표단에 참가시키기로 결정했소.

우 서기 (크게 놀라며) 네? (첸 처장을 바라보며) 당신?

첸 처장 중앙에서 결정한 거에요.

장샤오리 어때요?

우 서기 못 가지 않을까 싶네요!

첸 처장 (수화기를 뺏으며) 아니요, 아니에요. 우 서기 갈 수 있어요. 갈 수 있어요!

장샤오리 시 위원회 일은 다른 사람한테 맡기면 되잖소.

우 서기 아마 안 될 걸요.

첸 처장 (수화기에 대고)돼요, 돼요, 완전히 돼요!

이 서기와 첸 처장은 손짓으로 논쟁을 한다.

장샤오리 그래도 이건 당 조직의 결정이니, 한 번 고생해주시오!

첸 처장 (수화기에 대고) 네, 네, 저흰 고생하는 거 겁나지 않아요, 겁나지 않는다구요.

장샤오리 그럼 이대로 정하지요. 우 서기, 건강은 어떻소?

우 서기 괜찮습니다. 어르신은 건강하시죠?

장샤오리 다리가 안 좋소.

우 서기 왜요?

장샤오리 공개비판 때 단상에서 누군가한테 떠밀려 넘어져서 다쳤소. 다행히 한 청년이 날 보호해줬지.

아니었으면 이 다린 못 쓰게 되었겠지요.

첸 처장 (수화기에 대고) 그 청년이 혹시 리샤오장인가요?

장샤오리 맞아요. 그 청년이요. 난 그 아이가 참 좋아요.
꼭 내 친아들처럼. 듣자하니 그 아이가 농장에서
아직 못 올라오고 있다고 하네요.

우 서기 네……

첸 처장은 우 서기한테 승낙하라고 필사적으로 손짓을 한다.

우 서기 안심하세요. 그 일 해결할 수 있습니다. 해결할
수 있어요.

장샤오리 잘 됐네요. 그럼 안심이구요! 그쪽 생산은 어떻
습니까?

우 서기 올해가 작년보다 많이 좋습니다. 중앙의 8자방침
(八字方針)[11]을 관철하고 있는 중이에요.

장샤오리 진리표준논쟁[12]은 어떻게 진행되고 있습니까?

---

11 [역주] 대약진 운동의 실패로 파탄 난 경제를 회복하기 위해 제시된
경제 조정 방안. '조정(調整)·공고(鞏固)·충실(充實)·제고(提高)' 8
글자로 이루어져 '8자 방침'이라 부른다. 산업 비율의 조정, 실적의 내실
강화, 허위 보고 시정, 생산성 제고 등을 골자로 한다.

12 [역주] 문화대혁명은 종료되었지만, 경직된 분위기는 하루아침에 사라
지지 않았다. 1977년 후푸밍(胡福明)이 〈실천이 진리를 검증하는 기준

우 서기 보충수업을 하고 있어요. 그럭저럭 잘 되고 있습니다.

장샤오리 좋네요. 모든 일이 다 순조롭길 바래요. 시간 나면 얼굴 보러 가지요!

우 서기 네. 네. 오신다면 환영입니다!

장샤오리 곧 갈지도 모르겠네요.

우 서기 너무 좋지요. 좋습니다!

장샤오리 그럼 이만!

우 서기 들어가세요!

장샤오리 전화를 내려놓자마자 바로 자전거를 타고 무대 측면으로 퇴장. 무대 앞 전화기도 동시에 사라진다.

첸 처장 너무 잘 됐네요. 어르신이 우리한테 이렇게 관심이 많은 줄 정말 몰랐어요.

우 서기 이제 만족해요?

첸 처장 흥, 당신이 해 준 것도 아니잖아요? 어르신이 해 준 거지. 좀 전까지도 샤오리가 가짜일 수도 있다

이다〉는 논설을 광명일보에 게재한 후, 대토론이 벌어지며 중국 사회는 점차 경직된 좌경 사회에서 벗어나기 시작했다.

고 의심해 놓구선.

우 서기 사기 당할까봐 그런 거지!

첸 처장 당신이니까 하는 말하는데, 내 사람 보는 눈은 틀리지 않아요! 어떻게 가짜일 수 있겠어? 만약 가짜라면, 이 가짜는 진짜보다 더 진짜 같아! 가짜일 수가 없지! 리샤오장 빨리 올려 보내줘요! 어르신이 각지를 전전하며 싸운 게 몇 십 년인데, 이런 작은 부탁쯤은 빨리 들어줘야죠!

우 서기 알았어요, 명령서를 쓰지!

첸 처장 그래야 맞지, 바로 써요!

쑨 국장 등장.

쑨 국장 첸 처장님!

첸 처장 아, 국장님, 그 일 우 서기님이 허락했어요. 봐요. 명령서 쓰고 있잖아요!

쑨 국장 너무 잘 됐네요! (가방에서 마오타이주를 꺼내) 첸 처장님, 우 서기님이 마오타이를 제일 즐겨 드신다길래, 여기 한 병 가져왔어요. 받으세요.

첸 처장 저 이 많은데, 국장님 됐다 드세요!

쑨 국장 이런 마오타이는 없으실 걸요, 이건 보통 마오타

이가 아니에요. 수출용 특제라 내용물이 아주 달
라요.

첸 처장 어디서 나셨어요?

쑨 국장 …… 무역회사요.

첸 처장 (마오타이주를 받아서) 그럼 두세요! 잠깐 앉아계세
요. 전 샤오리를 보고 올게요.

첸 처장 마오타이주를 진열장 안에 넣고. 퇴장.
우 서기 명령서를 다 쓰고 일어난다.

쑨 국장 우 서기님!

우 서기 쑨 국장, 리샤오장 건은 쑨 국장이 가서 처리하세
요!

쑨 국장 (명령서를 받아) 네, 그러죠!

첸 처장 등장.

첸 처장 에그, 그 녀석 아주 깊이 잠들었네! 한참을 깨워서
아빠 전화 왔었다고 하니까 헤벌쭉 입을 못 다무
는 게 정말 아이 같네!

장샤오리 뛰어 들어온다. 들어오면서 옷을 입는다.

장샤오리 우 아저씨, 저희 아빠 전화 왔었어요?

우 서기 그래, 명령서 써서 쑨 국장한테 줬다.

장샤오리 너무 잘 됐네요!

첸 처장 쑨 국장님, 처리 좀 서둘러 주세요!

쑨 국장 네, 바로 농장으로 가지요. 샤오리, 리샤오장 보러
           같이 가지 않겠니?

장샤오리 네? 아니요. 전 내일 보러 갈게요.

쑨 국장 그럼 그렇게 하렴, 난 간다.

장샤오리 (쑨 국장 앞으로 가서) 아저씨, 번거롭게 하네요.

쑨 국장 별일 아냐. (낮은 소리로) 샤오리, 내 일은 어떻게 됐
           어?

장샤오리 천천히 하세요. 우 서기님 어제 막 돌아왔어요.

쑨 국장 그래, 난 이만 가마.

         쑨 국장 퇴장.

장샤오리 아저씨, 차 좀 빌리고 싶은데요.

우 서기 나가려고?

장샤오리 개인적인 일 좀 처리하려고요.

우 서기 그래라. 첸 아주머니더러 기사한테 말 좀 해달라고 해.

장샤오리 감사합니다.

우 서기 녀석!

이 서기 퇴장.

장샤오리 기뻐서 뛴다.

첸 처장 녀석, 널 기쁘게 한 것 같구나!

장샤오리 아주머니, 리샤오장 일 처리되면 전 바로 베이징으로 돌아갈게요.

첸 아주머니 며칠 더 있지 않구!

장샤오리 너무 오래 나와 있었어요.

첸 처장 이 녀석, 집 생각나는구나? 그래, 다음에도 우리 집으로 와. 여긴 네 집이나 똑같아.

장샤오리 아니요, 여기가 저희 집보다 훨씬 좋아요!

첸 처장 애야, 이번에 베이징에 갈 때 네 아버지께 선물하나 하마. 우 아저씨가 특별히 황산에서 가지고온 거야. (진열장에서 마오타이주를 꺼내) 특제란다.

장샤오리가 마오타이주를 받는다.

장샤오리   감사합니다! (크게 웃는다)

-막이 내려온다

제5장

앞 장에 바로 이어, 오후

하이둥 농장의 농장장 사무실, 지저분하다. 온갖 생활용품과 사무용품이 너저분하게 널려 있고, 제자리에 있는 것이 하나도 없다. 낡은 벽에는 오래된 우승기가 바닥 가까이 걸려 있고, 낡은 싸리비가 풀 스위치 줄에 묶여 있다. 이런 사무실에서 나오는 지시들은 분명 큰 영향력이 없을 것이고, 아마도 지시가 떨어져도 금방 효력을 잃을 것이다. 사무실 모퉁이에 기세 좋게 자라고 있는 잡초더미는 상징적 의미가 있다. 관객들은 이를 통해 농장의 경작지가 어떤 모습일지 충분히 짐작할 수 있다.

막이 오르면 정 농장장은 농약 분무통을 메고 등장한다. 낙담한 채 사무실 책상에 앉아 술을 마신다.

청년 갑 뛰어서 등장.

청년 갑 농장장님!

정 농장장 왜 그래?

청년 갑 (전보 한 장을 들고, 울상을 지으며) 저희 외할머니가 급환에 걸리셨대요. 집에서 전보가 왔어요. 빨리 집으로 오라고!

정 농장장 무슨 병이신데?

청년 갑 암이요!

정 농장장 사람 놀래키지 말지? 휴가 쓸 거면 그냥 휴가를 써. 왜 외할머니 암 걸리라고 저주를 해!

청년 갑 정말 암이에요!

정 농장장 자네가 무슨 의사도 아니고, 자네가 가면 외할머니 암이 낫나? 그럼 나도 나중에 암 걸려도 병원에 입원 안하겠네. 자네가 매일 보러오면 내 암세포가 사라질 테니까.

청년 갑 (애원하며) 농장장님!

정 농장장 알았어, 알았다구. 자네 연대장한테는 말했나?

청년 갑 연대장님 아버지가 편찮으셔서 며칠 전에 집에 가셨어요.

정 농장장 부연대장은?

청년 갑 부연대장님은 어머니가 아프셔서 어제 오후에 막 떠나셨어요.

정 농장장 어떻게 다들 아파? 아, 전염병이 도나 보군. 다들 전염된 게지. 알겠네. 휴가는 며칠?

청년 갑 그건 저희 외할머니가 언제 호전되는지를 봐야죠.

정 농장장 자네 같은 사람들 가족은 병나면 금방 안 낫지. 적게는 반 달, 많게는 반 년. 자네는 며칠?

청년 갑 우선 한 달로 할게요.

정 농장장 알겠네, 전보는 두고 가.

청년 갑 농장장님, 정말 감사합니다!

　　　　　청년 갑 기쁘게 뛰어서 퇴장.

　　　　　청년 을 뛰어서 등장.

청년 을 농장장님!

정 농장장 아버지가 아프신가?

청년 을 아뇨. 아뇨.

정 농장장 그럼 어머니가 아프신가?

청년 을 아니요. 제 누이가 결혼을 해요. 여기요. (편지를 한 통 꺼내며) 방금 편지가 왔어요.

정 농장장 휴가 써서 다녀오겠단 거지?

청년 을 네.

정 농장장 자네가 안 가면 자네 누나는 결혼을 못 할 거야. 그렇지?

청년 을 아뇨, 아뇨. 결혼식이 보고 싶어서요.

정 농장장 자네 연대장한테는 보고했나?

청년 을 연대장님 형님이 결혼한다고 결혼식에 가셨어요.

정 농장장 부연대장은?

청년 을 여동생이 결혼해서 아직 안 돌아오셨어요.

정 농장장 그래, 전염병이 끝나니까 이제 단체로 결혼을 하기 시작했네. 휴가는 며칠이나?

청년 을 길지 않아요. 일주일이요.

정 농장장 알겠어. 편지는 두고 가게.

청년 을 네. 농장장님, 결혼식 사탕 갖다 드릴게요!

정 농장장 한탄스럽게 한국전쟁 시절의 노래를 부른다.

멀리에서부터 승용차 경적 소리. 정 농장장 몸을 빼고 창밖을 쳐다본다.

브레이크 소리. 잠시 후 쑨 국장 등장.

정 농장장 며칠을 기다렸어요. 오실 줄 알았어요!

쑨 국장 하, 자네 지금 술 마시나?

정 농장장 어때서요, 한 모금 하실래요?

쑨 국장 업무시간에 술을 마시고, 보는 눈들 겁도 안 나나. 난 겁나서!

정 농장장 또 자기만 바른 척! 무슨 업무시간이요? 지금은 업무 볼 사람이 없다고요! 창밖에 밭 좀 보세요. 나온 사람이 있어요? 일하는 사람이 있어요? 자자, 한 모금 하세요!

쑨 국장 (술을 마시며 말한다) 그래도 마시면 안 되지. 오히려 연대들마다 발로 뛰면서 설득을 해야지. 민중 속으로 깊이 들어가야 하지 않나!

정 농장장 민중이요? 다들 도시로 돌아가고 싶어서 도망쳐 버렸다구요! 대체근무가 되면 대체근무로 가고, 전출이 되면 전출로 가고, 빽이 있으면 빽으로 갔어요.

쑨 국장 무슨 불평이 이렇게 많아! 그건 자네가 관리를 잘못한 거지!

정 농장장 관리를 잘못했다고요? 그럼 국장님이 하시던가! 이 자리 국장님께 양보할게요. 내가 몇 번이라도 절을 하죠!

쑨 국장 알았어, 알았어. (우 서기의 명령서를 정 농장장에게 건네며) 자!

정 농장장 (받고 크게 놀라며) 어? 시 위원회 서기가 명령서를 진짜 써 줬네?

쑨 국장 여기 오기 전에 노동국에도 들렀어. 이 명령서로 전출령도 받아왔네. 리샤오장 소속 빨리 바꿔 줘. 우 서기님이 빠르면 빠를수록 좋다고 했어!

정 농장장 안 돼요. 한발 늦었어요.

쑨 국장 왜?

정 농장장 농장 당 위원회 결정입니다. 지금 지식청년들 도시 전출 문제를 조정하고 있어요. 편법을 강력하게 규제할 거라서 올해 하반기 인맥 타고 나가는 인원은 20명을 넘지 못하도록 했어요.

쑨 국장 이건 우 서기님 명령이니까 편법은 아니야!

정 농장장 아이고, 우리 쑨 국장님, 왜 이러세요. (우 서기의 명령서를 흔들며) 이건 100퍼센트 편법이라고요!

쑨 국장 감히 시 위원회 서기한테 편법을 운운해!?

정 농장장 시 위원회 서기는 말할 것도 없고, 부장, 중앙 위원회도 뒷문으로 나간다구요!

쑨 국장 자네 취했군! 이건 뒷문으로 가는 게 아니야!

정 농장장 뒷문으로 가는 거예요!

쑨 국장 아니야!

정 농장장 맞아요!

쑨 국장 아니야!

정 농장장 맞아요!

쑨 국장 결단코 아니야! 이건 문을 닫는 거야! (실수했음을 깨닫고) 아, 아니야, 아니야! 나도 취했나보군. 그만, 그만. 자네 보기에 이 일을 어찌하면 좋겠나?

정 농장장 새치기 말고는 없어요.

쑨 국장 어떻게 새치기라고 말하나? 그건 중점 배려라고 하는 거야. 명단 가져와 보게!

정 농장장 (명단을 쑨 국장에게 건네주며) 거기 20명 이름 다 있어요. 누굴 제낄까요?

쑨 국장 (명단을 가리키며) 이 사람은 어떤가?

정 농장장 안 돼요. 군부 펑 참모장 조카에요!

쑨 국장 하! (명단을 가리키며) 이 사람은?

정 농장장 위생부 부부장 여동생 외손녀딸이에요!

쑨 국장 그것 참! (명단을 가리키며) 이 사람은?

정 농장장 부총리 사촌 사위 아들이에요.

쑨 국장 점점 더 커지네! (명단을 가리키며) 이 사람도 친척이 고위간부인가?

정 농장장 아니요, 고위간부는 아니에요.

쑨 국장 그래, 잘 됐네!

정 농장장 그래도 안 돼요. 그 사람은 우리 농장 당위원회 서기 아들의 여자친구에요.

쑨 국장 하, 그럼 보통 간부는 없나……

정 농장장 (명단을 가리키며) 이 사람이요. 이 사람 아버지는 건물 관리국 제8부국장이에요.

쑨 국장 부국장? 게다가 제8 부국장? 됐네. 이 사람으로 하세. 이 사람은 내년에 다시 이야기하기로 하고 먼저 리샤오장을 넣어주면 어떤가?

정 농장장 (쓴웃음을 지으며) 그러죠. 제 8부국장은 당연히 시 위원회 서기에게 양보해야죠. 관직이 높을수록 권력도 커지죠. 권리, 권리, 권력이 있어야 권리도 있죠. 어떤 사람들한테는 이게 바로 진리니까요. 거기다 실천을 통해서 검증된 거구요!

쑨 국장 그럼 이렇게 함세!

정 농장장 (서랍을 열어 서류를 꺼내며) 리샤오장의 서류와 배급표 관련 서류, 호적 이전증 다 여기 있어요. 가져가세요!

쑨 국장 그래! 자네 전출 수속 벌써 다 해 놨네?

정 농장장 위에서 내려온 명령이고, 추천인이 높은 분인데, 대비를 안 할 수 있겠어요?

쑨 국장 자네, 나를 잘도 속였어!

정 농장장 아니요. 전 시 위원회 서기 명령서를 기다린 거에요.

쑨 국장 (서류 등 자료를 들고) 자네 지금 리샤오장한테 바로 통지할 거지? 얼른 떠나라고 하게.

정 농장장 그러죠. 바로 전화 걸죠 (수화기를 들고) 57연대요. (잠시 뒤) 57연대입니까?--천 연대장이요? 나 농장장이요. 리샤오장 지금 부대에 있나요? -- 오늘 오후에 막 돌아왔다구요? 일단 혼내지 마세요.

바로 떠나야 하니까!-- 도시전출이요. 도시로 간다
구요. 맞아요! 뭐라구요? 동의하지 않는다구요?
좋네요. 그래도 저항정신이 아직 조금은 있네요!--
절차에 맞는지 묻는 거요? 뒷문으로 가는 거 아니
냐구요? 잠시만요 (수화기를 쑨 국장에게 건네며) 자
요. 대답해주세요!

쑨 국장 (전화기를 받고 살짝 취기가 돌아) 여보세요, 내가 누구
냐고 묻는거요? 말해주면 깜짝 놀랄 텐데? 나는
시 위원회 서기……

정 농장장 (이상해하며) 시 위원회 서기시라구요?

쑨 국장 가 보낸 사람이요!

정 농장장 아…… 깜짝이야!

쑨 국장 맞아요! 절차에 맞는지 묻는다면 내가 명확하게
알려줄게요. 절차에 맞지 않……

정 농장장 네?!

쑨 국장 는 건 불가능하죠! ……

정 농장장 하!

쑨 국장 ……간부라는 건 바로 특권이 있다는 거요. 인맥
은 합법이요……

정 농장장 뭐라구요?

쑨 국장 …… '사인방'이 이렇게 말했었죠.

정 농장장 어이구! 됐어요. 됐어. 내가 할게요. 내가! (쑨 국장 손에서 수화기를 받아) 천 연대장, 시 위원회 서기가 명령서를 보냈어. 리샤오장을 지목해서 바로 도시로 전출시키라구. -- 그래요. 응. 버텨보겠다구? 그래요. 그런데 아마 버티지 못 할 거예요. -- 리샤오장더러 관리부로 오라고 해요. 네, 바로요! (전화를 끊고) 기다렸다가 리샤오장이랑 같이 가실 거에요?

쑨 국장 아니, 짐이랑 이거저거 챙겨야겠지. 언제 끝날 줄 알고. 먼저 가겠네. 나 정말 좀 취한 것 같아. 아니, 취하지 않았어, 취하지 않았다구, 다음에 보세!

정 농장장 네, 안 나가요!

쑨 국장 퇴장, 잠시 후. 승용차 시동 거는 소리.

정 농장장 창밖으로 고개를 내밀어 멀어져 가는 쑨 국장을 바라본다. 고개를 젓다가 계속 술을 마신다. 갑자기 책상 위에 종이 한 장을 꺼내, 빠른 속도로 글을 쓴다.

실제 신분으로 돌아온 리샤오장(즉 장샤오리) 등장. 그는 먼저 경계하듯 실내와 실외를 둘러본 후. 안으로 들어간다.이때 그의 행동거지는 본인 고유의 면모를 완전히 회복했다.

리샤오장 (능청스럽게 장난을 치듯) 보고합니다. 전투에 매진 하는 하이둥 농장의 영광스러운 57연대 57전사 리샤오장 명 받들어 도착했음을 보고합니다!

정 농장장 자네가 리샤오장인가?

리샤오장 100퍼센트 진짜임을 보증합니다! 신장 1미터 76, 체중 66킬로그램, 올해 26살, 66일 후면……

정 농장장 뭔데?

리샤오장 바로 제가 하이둥 농장에서 전투한 지 8주년이 됩니다. 축하의 의미로 저도 한 잔 주십시오!

정 농장장 그렇게 능청 떨지 말고, 자네가 히히하하 해도 속으로는 계속 괴로웠잖아!

리샤오장 역시 농장장님이십니다. 예리하십니다!

정 농장장 연대장이 자네한테 말했지. 자네 도시로 전출 됐어.

리샤오장 살짝 들었습니다.

정 농장장 절차는 다 끝냈어. 쑨 국장님한테 자네 서류와 증명서들도 가져가시라고 했어. 이제 우리 농장을 떠나도 좋네.

리샤오장 하느님, 감사합니다!

정 농장장 나는 자네한테 축하를 해 줘야 할까, 사과를 해 야 할까?

리샤오장 (이해하지 못하고) 사과요?

정 농장장 (비통해 하며 조금 취해) 그러게, 농장을 잘 운영하지 못 해서, 땅을 낭비하고, 자네 청춘도 낭비해 버렸지. 그래서…… 그래서, 모두들 다 팽개치고 떠나는 거지. 한 사람이 떠날 때마다 내 마음은…… 괴로워. 자네들한테 큰 빚을 진 것처럼. 그렇다고 내가 또…… 또 무슨 방법이 있겠어? 시 위원회 서기도…… 시 위원회 서기조차 특권을 사용하고 인맥을 쓰고, 농장을…… 잘 해보려고 하지 않아. 우리가 필사적으로 혁명을 한다…… 해도 소용이 없잖아. 지금은, 자네들 농장 청년들만…… 뒷문으로 가는 게 아니라 바로 간부들…… 농장 지도자 간부들……도 뒤……뒷문으로 가……가잖아?

리샤오장 (조금 동정하며) 그럼 농장장님은요?

정 농장장 괴……롭지! (술을 가리키며) 얘한테 기대서, 시름을 잊고 근심을 푸는 거지. 농장은…… 계속해야 돼. 하지만 절대…… 이대로는 안 돼. 계속 이런 식이면, 난……나도 안……. 하고 싶단 말이야. 하면 할수록……마음이 괴로워……

리샤오장 (놀라며) 농장장님도 떠나고 싶어요?

정 농장장 (북받쳐) 보고서 하나 써서, 전⋯⋯전출시켜줘. 자네⋯⋯ 고위 간부 자제를⋯⋯ 알고있잖아. 장샤오리든가? 자네가 그 사람더러⋯⋯ 나… 좀 도와서 시 위원회 서기한테⋯⋯ 말 좀 해 달라고 해, 나도 데려가 줘⋯⋯

리샤오장 (멍해져서) 그게⋯⋯ 그게 어떻게 가능해요?

청년 갑 등장.

정 농장장 안⋯⋯ 될 게 뭐 있어?(우 서기의 명령서를 꺼내며) 자네가 그 사람한테 물어봐, 왜⋯⋯ 그 사람은 명령서를 써서⋯⋯ 자네는 데리고 갈 수 있는데, 명령서를 써⋯⋯서 나…나는 왜 못 데리고 가? (방금 쓴 전출신청 보고서를 꺼내) 이⋯⋯이건 내⋯⋯ 전출 신청 보고서야. 이유는 두 가지, 하나는 내⋯⋯ 내 외할머니가 암에 걸리셨어, 두 번째는 ⋯⋯ 내 누님이 결혼을 해!

정 농장장은 전출신청 보고서를 리샤오장에게 건네고. 리샤오장은 놀라서 움직이지 않는다. 갑자기 정 농장장은 손을 거두고 괴롭게 고개를 젓는다. 그 후 리샤오장에게 손을 흔

든다.

리샤오장 퇴장.

정 농장장은 천천히 힘을 줘서 전출신청 보고서를 찢는다.

정 농장장 (큰 소리로) 내 농장!

정 농장장은 머리를 감싸고 운다.

청년 갑은 정 농장장 뒤에 서 있다. 휴가 신청서를 천천히 찢는다.

－막이 내려온다.

제6장

며칠 뒤 오후.

시 위원회 우 서기의 집. 배경은 4장과 같다.

막이 오를 때 무대 위에는 아무도 없다. 잠시 후 장샤오리의 소리가 들려온다. "저쪽으로 가서 참관하시죠!" (장샤오리가 저우밍화를 데리고 등장.

장샤오리 (문 옆에 서서 예의를 갖춰) 들어오시지요!

저우밍화 놀라서 멍하니 실내에 진열된 것들을 바라본다.

장샤오리 (가이드처럼) 자, 주목해주세요. 여긴 시 위원회 서기의 응접실이에요. 위층과 아래층이 있구요. 전등과 전화, 강철 샤시에 붙박이장, 카펫과 소파, TV와 라디오, 그리고 에어컨까지 있어요. (실내의 문을 밀어 연다) 안쪽은 침실입니다. 들어오시죠!

저우밍화 (실내 문 입구에서 안을 바라보며) 응?

장샤오리 평소에 들어올 수 있나요? 들어오세요!

저우밍화 아냐, 아냐. 됐어!

장샤오리 (진열장을 열고) 오렌지 주스 한잔 하세요! (한 잔 따라 저우밍화에게 건네며) 자!

저우밍화 주인도 없는데, 왜 남의 걸 함부로 권해?

장샤오리 괜찮아. 나한테는 그럴 특권이 있거든. 자!

저우밍화 아냐. 난 남의 거 함부로 먹지 않아!

장샤오리 난 자주 먹어. 내가 많이 먹을수록 저 양반들은 더 기뻐해.

저우밍화 요 열흘 남짓 여기서 이렇게 산거야?

장샤오리 응. 부러워?

저우밍화 아니.

장샤오리 밍화야. 이것들을 누릴 때마다 네 생각 했어. 꼭 쑨 국장 집에서 맨발로 땀에 젖어 옷 빨고 바닥 닦는 네 모습이 보이는 것 같았어……

저우밍화 오늘 날 부른 건 지금 너 잘 사는 거 보여 주려고야?

장샤오리 난 좋은 아빠만 있으면 삶에 어떤 변화가 생기는지 보여주고 싶었던 거야. 그리고 보여주고 싶은 게 또 하나 있어!

저우밍화 뭔데?

장샤오리 맞춰 봐!

저우밍화 넌 꿍꿍이가 많지. 모르겠어.

장샤오리 (업무 발령 통지서를 꺼내며) 자, 봐!

저우밍화 (받아서 보고 미칠 듯 기뻐하며) 뭐야? 받았네? 너!

장샤오리 다 받았지. 쑨 국장이 벌써 나대신 모든 수속을 다 밟았어. 내일이면 이 통지서를 들고 시에서 제일 좋은 큰 공장에 가서 보고 하면 돼!

저우밍화 이거…… 꿈 아니지?

장샤오리 아니야. 꿈꾸는 건 다 끝났지!

저우밍화 너무 잘됐다!

장샤오리 (저우밍화의 어투를 따라하며) 너무 잘 됐다! 너 내가 간부자제 사칭하면 안 된다고 계속 뭐라고 하지 않았나?

저우밍화 그건 잘못된 거잖아.

장샤오리 그렇게 안 했으면, (통지서를 가리키며) 이런 것들을 손에 넣을 수 있었겠어? 그리고 난 재작년에 올라왔어야 했는데, 간부 자제가 기어코 날 제끼고 올라왔잖아. 그것도 잘못된 거 아니야?

저우밍화 그래도 이건 좀……

장샤오리 밍화야. 나 나쁜 사람 아니야. 난 훔친 것도 아니고, 뺏은 것도 아니야. 사람도 안 죽였고, 불지른 것도 아니야. '사인방'처럼 권력을 찬탈한 것도 아니고, 3차대전을 일으킨 것도 아니라구. 난 그냥 권력을 가진 간부들에게 크지도 작지도 않은 장난을 한번 친 것뿐이야.

저우밍화 내가 매일 너 때문에 얼마나 조마조마 했다구.

장샤오리 그래. 나도 자주 불안했어. 됐어. 내일부터는 남 사칭해서 사람 속이고 교활하고 능청스러웠던 장 샤오리는 건실하고 분수를 아는 리샤오장으로 변 하겠습니다. 나도 다시는 이런 모험 하고 싶지 않 아. 이게 처음이자, 마지막이야!

저우밍화 진짜?

장샤오리 그럼! 너 지금 내 모습 별로 안 좋아하잖아? (전 에 없이 진지하게) 막막하고 무료하고 길이 안 보여 서 다 놔버렸었어. 스스로가 원망스럽고, 다른 이 들을 조롱하고 싶었어…… 하지만 내일부터 나는 전부 다 네 마음에 드는 사람이 될 거야!

저우밍화 그래, 그럼 나도…… 나도…… 좋은 소식 하나 알려줄게……

장샤오리 우리 고생만 하는 밍화한테 무슨 좋은 소식이 있 지?

저우밍화 너 어떻게 조금도 눈치를 못 채지?

장샤오리 뭘?

저우밍화 (부끄러워하며) 나 생겼어……

장샤오리 뭐가 생겼어?

저우밍화 너, 하!

저우밍화는 장사오리에게 귓속말을 한다.

장샤오리 (놀라 기뻐하며) 뭐? 정말? 밍화야, 너! (저우밍화를 자기 품으로 끌어안는다) 고마워! 고마워! 왜 진작 말 안 했어?

저우밍화 더는 미룰 수 없다고 진작에 말했었잖아?

장샤오리 아!

저우밍화 네 생각엔 우리 언제……

장샤오리 아, 내일 혼인신고할게, 아니면 다음달……

저우밍화 다음 달? 안 돼, 더는 미룰 수가 없어!

장샤오리 그럼 네 생각은?

저우밍화 내일 바로 결혼하자!

장샤오리 (흥분해서) 좋아, 내일! 밍화야, 내일부터 난 꼭…… 꼭 네가 좋아할 만한 사람이 될게!

저우밍화 (나지막하게) 네가 이렇게 되길 내가 얼마나 바랬는데! 넌 지금 네 모습이 마음에 안 들었겠지만, 사실 나도 지금의 내가 마음에 안 들었어. 내가 요즘 너한테 했던 모든 게 다 만족스럽진 않아. 한편으로는 네가 이해도 돼. 그건 아마도 내가 이

기적으로 우리 결혼과 우리 미래의 아이만 생각했기 때문이겠지. 그러니까 너를 이해한다기보다 나 자신을 이해한다는 게 맞겠네.

장샤오리 나한테 그런 얘길 뭐하러 해?

저우밍화 아마도 우리가 잃어버린 꿈과 열정을 되찾고 싶어서. 샤오장, 우리 이번 기회 소중히 여겨서 일도 열심히 하고 열심히 살고, 좋은 사람이 되자. 대답해, 내일부터 다시는 담배를 피우지 않겠다고!

장샤오리 〈성실하고 진지하게〉응.

저우밍화 술도 안 마실 거지!

장샤오리 응.

저우밍화 다시는 사람도 안 속일 거지!

장샤오리 절대로!

저우밍화 우리를 위해서, 그리고 우리 아이를 위해서……

장샤오리 걱정하지 마, 꼭 좋은 아빠가 될게!

저우밍화 믿어!

장샤오리 〈감동해서 저우밍화의 손을 잡는다〉밍화야!

저우밍화 샤오장, 우리 여기 빨리 떠나자!

장샤오리 안 돼, 내 연극은 아직 안 끝났어, 오늘 밤 마지

막 장면이 아직 남아있어.

저우밍화 뭐 하려구?

장샤오리 저 사람들한테 내일 아침 일찍 비행기를 타고 베
이징에 간다고 했더니 첸 처장이 오늘 밤에 꼭 같
이 연극을 보자고 하잖아. 내일만 되면 이곳과 가
짜 장샤오리랑 영원히 영원히 이별할 수 있어.

저우밍화 그럼 난 먼저 갈게.

장샤오리 좀 더 놀다 가.

저우밍화 돌아가서 아빠한테 네가 올라오게 됐다고 말해
줘야지, 그리고 우리 내일 일도……

장샤오리 노친네……아니 아니, 장인어른이 계속 반대하
실까?

저우밍화 아닐걸?

장샤오리 허락하시면 꼭 알려줘야 해.

저우밍화 여긴 사람이 많은데 어떻게 알려줘?

장샤오리 아버지가 허락하시면 제일 예쁜 옷을 입고 와.
말 하지 않아도 한 눈에 바로 알아볼 수 있게.

저우밍화 그래!

저우밍화 퇴장. 장샤오리 애정 어린 눈으로 그녀를 바라본
다.

첸 처장 흥분하여 뛰어서 등장.

첸 처장 샤오리, 좋은 소식 하나 알려줄게.

장샤오리 또 좋은 소식이 있어요? 무슨 일인데요?

첸 처장 널 보러 누가 왔어!

장샤오리 누가요?

첸 처장 맞춰 봐!

장샤오리 제가 아는 사람이에요?

첸 처장 물론 알지.

장샤오리 자오 아주머니?

첸 처장 아니!

장샤오리 쑨 국장님?

첸 처장 아니.

장샤오리 전 여기 리샤오장 말고 아는 사람이 없는데요.
　　　　아, 마 부장님?

첸 처장 알려줄게, 아부지 오셨다!

장샤오리 (놀라) 아버지요? 어떤 아버지요?

첸 처장 응? 아버지가 여럿일 수도 있니?

장샤오리 아뇨, 아뇨. 제 말은 어떤 사람의 아버지, 누구의
　　　　아버지가 오셨냐구요.

첸 처장 그야 당연히 너희 아버지지. 방금 베이징에서 오

셨어!

장샤오리 네?!

장샤오리 온몸에 힘이 빠져 소파 위에 쓰러진다.

첸 처장 왜 그래?

장샤오리 저…… 저 너무 기뻐서, 너무 기뻐서 그래요.

첸 처장 놀랬잖아!

장샤오리 지금 어디 계세요?

첸 처장 곧 오실거야.

장 위원 등장. 바로 장샤오리를 발견한다. 장샤오리 소파에서 천천히 일어난다. 장 위원과 장샤오리는 각기 거실 양끝에 서서 서로 응시한다. 한참동안 말이 없다. 장 위원은 조용히 장샤오리를 살펴보고 장샤오리는 곧 휘몰아칠 폭풍을 기다린다.

첸 처장 (쉴 새 없이 말을 하며) 응? 위원님, 앉으세요, 앉으세요. 왜 안 앉으세요? 샤오리, 아버지를 봤는데 왜 꼭 호랑이 본 것처럼 그래? (장 위원과 장샤오리 두 명을 번갈아 본다. 이들은 여전히 조용히 대치하고 있다) 장

씨 부자 보고 있으니까 재미있네요. 서로 쳐다만 보고, 말도 안 하고. 아. 알았다. 꼭 연극에서처럼 오랜만에 재회하니 감정이 북받쳐서 말이 안 나오는 거죠!

장 위원 아니요. 이 아이와 할 얘기가 있소!

첸 처장 (여전히 수다스럽게) 아, 제가 여기 있는 게 불편하신가요? 맞네, 맞네. 부자끼리 조용하게 얘기하게 해 드렸어야 하는데. 샤오리, 아버지랑 있어. 그래도 밤에 연극은 보러가야 된다. 저 갈게요. 이야기들 나누세요!

첸 처장 퇴장.

장 위원 그렇게 서 있지 말고 앉게나.

장샤오리 앉는다. 장 위원도 앉는다.
침묵.

장 위원 자네도 장 씨인가?

장샤오리 아니요. 리 씨입니다.

장 위원 하, 이건 정말 장씨 갓을 이(李)가가 쓴 셈이로군.

이름이 뭔가?

장샤오리 리샤오장입니다.

장 위원 그래, 그게 자네였군. 몇 살인가?

장샤오리 스물여섯입니다.

장 위원 하이둥 농장에 있었지?

장샤오리 (이상하게 여기며 고개를 끄덕인다) 맞습니다.

장 위원 왜 내 아들을 사칭했나.

장샤오리 사정이 좀 딱합니다. 도시로 올라오고 싶어서입니다.

장 위원 다른 나쁜 일은 안 했나?

장샤오리 할 수 있지만, 안 했습니다.

장 위원 도시로 오려는 목적은 이루었지?

장샤오리 (적대적으로 바라보며) 당신이 나타나서 전부 망쳐 버렸어요! 내 희망도 망쳐버렸고, 내 행복과 세 사람의 행복을 망쳐 버렸습니다.

장 위원 세 사람?

장샤오리 저와 제 여자친구요, 우린 내일 결혼할 거였어요.

장 위원 다른 한 명은?

장샤오리 곧 태어날 우리 아이요……

장 위원 결혼도 안 했는데 벌써 아이가 있다?

장샤오리 사랑해서 그리고 또 막막해서 아이가 생겼습니다.

장 위원 그럼 그때 왜 결혼하지 않았나?

장샤오리 결혼하면 다시는 올라올 수가 없으니까요.

침묵.

장 위원 왜 내 아들을 사칭해서 사람들을 속였나?

장샤오리 (흥분해서) 설마 사람들을 속인 게 저 혼자라고 생각하시나요? 아니요. 이 사기극은 모두가 함께 만든 겁니다! 나한테 속은 사람들도 다른 사람들을 속이고 있지 않나요? 저들은 내가 사기 칠 수 있게 나한테 기회를 주고 조건을 만들어줬을 뿐만 아니라 심지어 나한테 속은 어떤 이는 사람을 어떻게 속이는지 가르쳐 주기까지 했다구요. 당신 신분과 지위를 이용해서 제 개인의 목적을 이루려 했던 것, 부정하지 않겠습니다. 하지만 저들도 내 이 가짜 신분과 지위를 이용해서 저들의 더 큰 사적 목적을 이루려한 게 아닌가요?

장 위원 저들? 저들은 누구를 말하나?

장샤오리 (주머니에서 보고서와 편지, 종이들을 꺼내) 보세요, 이건 자오 단장 거에요. 더 큰 집을 갖고 싶어 하죠.
이건 쑨 국장 거에요. 사위를 동북지역에서 데려
오고 싶어하죠. 이건 어제 첸 처장이 당신한테 쓴
청탁 편지에요. 저더러 직접 전해주라구요. 인맥
으로 우 서기랑 같이 해외 대표단에 들어가려구
요. 저 사람들은 다 저한테 부탁을 했어요. 그런
데 전 누구한테 부탁을 하죠? 저 사람들은 자기들
문제 해결하려고 다들 제 비위를 맞춥니다. 그런
데 제 문제는 누가 해결해 줍니까?

장 위원은 편지와 메모, 보고서를 읽고 미간을 찌푸린다. 천
천히 걸으며 생각에 잠긴다. 마치 장샤오리의 존재를 잊은
것 같다.

장 위원 (작지만 힘있게) 추악하군! 자네는 저들을 도와줄 셈
인가?

장샤오리 저들의 탐욕은 끝이 없어요! 내가 이것들을 보관
한 건 증거를 남기고 싶어서에요. 저들 마음이 때
로는 저들 직책에 걸맞지 않다는 걸 증명하려구
요!

장 위원 이것들을 남겨서 저들을 고발하려고?

장샤오리 아니요. 저들이 함부로 날 고발하지 못하게 하려구요!

장 위원 치밀하게 생각했군.

장샤오리 저는 아무런 힘도 권력도 없어요. 이렇게 해야만 스스로를 보호할 수 있다구요.

장 위원 하지만 자네 아는가, 자네가 저지른 사기죄는 범법이야!

장샤오리 내가 당신 아들을 사칭했기 때문인가요?

장 위원 누구의 아들을 사칭했어도 안 되지!

장샤오리 하지만 내가 왜 당신 아들을 사칭했겠어요? 당신 아들을 사칭하면 저들은 나를 떠받들고, 비위를 맞추고 온갖 편의를 봐주죠. 예전에는 생각도 못 했던 일들을 할 수 있게 해 줘요. 만약 내가 일반 노동자나 농민의 아들을 사칭했다면 저들이 이렇게 내 주위를 맴돌까요? 나한테 이렇게 편한 문을 활짝 열어줄까요? 당연히 아니겠죠. 왜일까요? 당신이나 당신처럼 높은 지위에 있는 사람들은 장애물도 없는 무소불위의 권력을 가졌어요. 그 때문이죠. 만약에 당신한테 이런 특권이 없었다면, 나는, 혹은 그 어떤 사람도 당신의 아들을 사칭하지 않아요!

장 위원 그게 자네의 사기 행각을 정당화시킬 수 있나? 특권이 존재하니까, 자네는 그 특권을 이용했고, 다른 사람이 속이니까, 자네도 속였다? 그건 그저 사기꾼의 논리일 뿐, 정직한 청년이 가져야 할 사유는 아니야. 그래. 지금 우리 간부 제도는 분명 일부 간부에게 합리적이지 못한 특권을 적지 않게 줬고, 자네 같은 사람들에게 허점을 드러냈어. 하지만 결코 모든 간부가 이런 특권을 비호하고 남용하는 건 아니야!

장샤오리 지금 당신은 청백리라고 말하고 싶은 건가요?

장샤오리 조소하듯 크게 웃고, 장 위원 위엄있는 눈빛으로 장샤오리를 쳐다본다. 장샤오리 어쩔 수 없이 조소를 멈춘다.

장 위원 자네는 내 아들을 사칭했지만, 나를 이해하지는 못 하네. 보아하니, 자네는 우리 당과 간부들의 기본상황에 대해 잘 이해하지 못하고 있어. 이 명령서와 보고서를 나에게 주었으면 하네.

장샤오리 왜 당신에게 줘야 하죠.

장 위원 나는 이 일들을 이해하고 처리할 책임이 있으니까.

장샤오리 (명령서 등을 장 위원에게 주고) 좋아요. …… 지금
　　　　날 체포할 건가요?

장 위원 유관기관이 합당하게 처리할 걸세.

장샤오리 좋습니다. 기다리죠.

　　　　쑨 국장 등장.

쑨 국장 샤오리, 빨리 연극 보러가자. 너 데리러 왔다.

장샤오리 (장 위원에게) 보세요. 이렇게 친절하시다니까요.
　　　　연극 보자고 일부러 차를 타고 저를 데리러 왔잖
　　　　아요.

장 위원 누군가?

장샤오리 문화국 쑨 국장님이에요.

쑨 국장 샤오리, 저분은……

장샤오리 저희 아버지세요!

쑨 국장 (놀라서 멍하니) 아? 장 위원님!

장샤오리 (장 위원에게) 저 연극 보러 가도 되나요?

쑨 국장 위원님, 오늘 밤이 마지막 공연이에요. 가게 해
　　　　주세요!

장 위원 (장샤오리에게) 자기 행동에는 책임을 져야 해!

이 서기. 첸 처장 등장.

첸 처장 위원님, 우 서기 왔어요!

우 서기 위원님, 오셨어요, 안녕하세요!

장 위원 우 서기, 안녕하오!

우 서기 앉으세요, 앉으세요. 이렇게 빨리 오실 줄은 몰랐습니다.

첸 처장 쑨 국장님, 연극 보려구 샤오리 데리러 오셨군요?

쑨 국장 네, 시간이 됐네요. 가야겠어요!

첸 처장 맞아요. 우리 가요. 말씀들 나누시게. 샤오리, 가자, 가자!

첸 처장 친절하게 장사오리를 데리고 퇴장. 쑨 국장 따라서 퇴장.

우 서기 위원님, 이번에 오신 건……

장 위원 당풍과 기율을 조사하라고 중앙에서 파견했소.

우 서기 네?

장 위원 (편지 한 통을 꺼내) 이건 한 농장장이 중앙기율조사위원회에 보낸 투서야. 안에 자네가 쓴 명령서도 첨부했어.

우 서기 (받아서 보며) 이건……이 일 아시잖아요?

장 위원 내가 뭘 아는가? 자네 사기 당했어!

우 서기 어떻게 된 거죠? (갑자기 깨닫고) 아, 장샤오리 가……

장 위원 그 아인 내 아들이 아니야.

우 서기 그 아이가 어르신 명의를 사칭해서……

장 위원 우 서기, 내가 직접 자네를 찾아왔다 하더라도 거절했어야 하지 않은가. (첸 처장 등이 쓴 편지와 명령서를 꺼내) 자네 이것들을 좀 보게, 더 황당하네.

우 서기 (받아서 크게 놀라) 자오 단장, 쑨 국장…… 그리고 아내까지?!

장 위원 (격앙되어) 정말 속이 쓰리구만! 우리 당이 예전에는 이러지 않았어. 영광스러운 혁명의 전통을 갖고 있었잖은가! 우 서기, 생각해 봐. 전쟁 때 자네가 아이들 몇을 어떻게 잃었는가? 그 때는 혁명을 위해서라면 정말 어떤 것도 사리지 않았어! 도시로 들어왔을 때 우리는 짚신을 신고 길에서 자면서 민중과 동고동락했어. 하지만 지금 이런 오랜 전통들은 다 어디로 갔지?! 물론 이게 '사인방'이 남긴 적폐라는 걸 부정하는 게 아니야. 하지만 '사인방'이 실각한 지 이미 2년도 넘었어. 그런데도

일부 동지들의 당풍이 아직도 이렇게 문란하니. 이건 우리 당의 비극이야! 우 서기, 우리 당에 몸을 둔 지 몇 십 년인데, 이건 생각을 좀 깊이 해봐야하지 않나?

우 서기 맞습니다. 저는 중앙에 쓸 조사서를 준비하겠습니다. 다른 동지들에게도 당내 교육을 하겠습니다.

장 위원 당 내부는 교육을 해야지. 하지만 이 동지들이 연루된 건 형사사건이야. 사법부에서 리샤오장을 기소할 거야. 이 사건과 연관된 동지들도 모두 법정에 출두해야 해.

우 서기 반대하지 않습니다. 하지만 조금 걱정은 됩니다. 현재 당의 위신은 이미 떨어져 있습니다. 만약 이 사건을 공개심문한다면, 그게……

장 위원 문제가 거기 있네. 가릴 레야 가릴 수가 없어. 사람들은 조만간 알게 되겠지. 면전에서는 말하지 않아도 뒤에서는 수군대겠지. 이런 식으로 가다간 오히려 점점 더 위신이 실추될 거야. 만약 우리가 소수 간부의 특권의식과 불건전한 당풍을 당당하게 공개적으로 폭로하고 비판한다면, 당이 공명정대해지는 거야. 공개적으로 비판할 수 있으니, 이런 폐단을 극복할 능력이 있다는 걸 보여주는 것이고 아직 희망이 있다는 뜻이 되지!

저우밍화 아주 예쁜 옷을 입고 뛰어서 등장.

장 위원 리샤오장을 공개적으로 심문하는 것은 간부들 교
육뿐만 아니라 청년들 교육을 위해서이기도 해.
청년들을 구해야 돼. 장샤오리를 사칭하는 두 번
째, 세 번째 리샤오장이 나오지 않게 하기 위해서.

저우밍화 아연실색한다.

우 서기 좋습니다. 공안에 전화하겠습니다!

우 서기 전화기 근처로 가 전화를 걸려고 한다.

저우밍화 (소리친다) 당신들, 안 돼……

저우밍화 날카로운 비명. 기절하여 쓰러진다.
장 위원과 우 서기 즉시 저우밍화에게 달려간다.
−막이 내려온다.

에필로그

누가 한 말인지 안타깝게도 기억나지 않지만 누군가 무대는 토론장이라고 했다. 우리의 지금 이 무대는 바로 공개재판이 열리는 법정이다. 무대 아래 앉아있는 우리의 사랑스럽고 진지한 관객들이 바로 공개재판의 방청객이 된다. 이 사건의 전체 과정을 직접 목도한 그들이 법정 판결의 공정성에 대해 자기 의견을 말할 수 있기를 기대한다.

판사석에는 판사와 두 명의 배심원이 앉아있다. 피고석에는 피고 리샤오장이 앉아 있고, 그 뒤에는 두 명의 법정 경찰이 앉아있다. 증인석에는 증인 우 서기와 첸 처장, 쑨 국장, 자오 단장, 정 농장장이 앉아있다. 변호인석에는 변호인 장 위원이 앉아있다. 검사석에는 검사가 앉아있다. 막이 오르면 검사가 기소장을 읽고 있다.

검사   …… 조사에 따르면 증거는 확실합니다. 이에 법원에 공소를 제기합니다. 끝입니다.

판사   방금 검사가 기소장을 읽고 본 사건의 범인 리샤오장의 사안 경과에 대해 설명하였습니다. 피고 리샤오장 검사가 말한 내용이 사실입니까?

리샤오장   (일어서며) 모두 사실입니다.

판사 당신은 당신의 행위가 범죄였다고 생각합니까?

리샤오장 저는 법률을 잘 모릅니다. 하지만 제가 잘못했다는 것은 인정합니다.

첸 처장 뭐? 잘못 했다구? 그렇게 쉽게!

자오 단장 네가 뭘 잘못했는데? 말해 봐!

판사 정숙하세요!

리샤오장 내 잘못은 내가 가짜라는 겁니다. 만약 내가 진짜였다면 내가 정말 장 위원 혹은 다른 지도자의 아들이었다면 내가 한 모든 것은 완전히 합법이었을 겁니다.

자오 단장 그게 무슨 말이야?

첸 처장 아직도 저렇게 시건방지다니!

쑨 국장 꼭 엄중하게 처리해야 합니다!

핀사 본 법정의 허락 없이 증인들은 마음대로 발언을 할 수 없습니다!

리샤오장 여기서 저는 본 사건의 증인들에게 감사를 표합니다! 제가 범죄를 저지르고, 농장 전출에 성공할 뻔했던 것은 자오 단장이 저에게 아이디어를 제공해 주었고, 쑨 국장이 길을 터주고, 첸 처장과 우 서기가 명령서를 써 주고, 정 농장장이 전출 명령을 내려주었기 때문입니다. (증인들에게 깊이 몸을 숙여 인사한다) 저는 다시 한번 당신들의 호의에 감사하고, 당신들이 제공한 편의에 감사하며 당신들의 큰 지지에 감사합니다!

자오 단장은 화가 나서 붉그락푸르락하고, 첸 처장은 수치심에 화를 내고, 쑨 국장은 멍해진다.

자오 단장 판사님, 발언을 허락해주세요.

판사 발언하세요!

자오 단장 피고가 방금 한 이야기는 본 사건과 무관합니다. 저자의 발언을 제지해주시길 부탁드립니다!

정 농장장 아니요! 판사님, 발언을 허락해주십시오.

판사 말씀하세요!

정 농장장 피고가 방금 한 이야기는 전부 다 사실입니다. 본 사건과 깊은 관계가 있습니다.

판사 다른 증인들은 이에 대해 어떻게 생각합니까?

우 서기 (일어나며) 정 농장장의 의견에 동의합니다. 피고가 모든 진실을 말할 수 있게 허락해주어야 합니다. 그렇게 하는 게 …… 좋습니다.

판사 피고 리샤오장, 더 할 말이 있습니까?

리샤오장 묻고 싶은 게 있습니다. 저우밍화는 왜 법정에 나

131

오지 않았습니까?

판사와 두 명의 배심원이 낮은 소리로 의견을 교환한다.

배심원 저우밍화는 몸이 아파 병원에 입원해서 법정에 나오지 못했습니다.
리샤오장 어떻게 된 거죠?
배심원 응급실에 있습니다.
리샤오장 (멍해져서)네?!
판사 다른 질문이 더 있습니까?
리샤오장 (힘없이) 없……없습니다.

리샤오장 머리를 감싸고 앉아서 눈물을 흘린다.

판사 변호인, 변호하세요.
장 위원 (일어나)피고가 저에게 자신의 변호를 부탁할 줄은 몰랐습니다. 하지만 재판 전에 사건을 자세히 알아보고, 또 피고와 여러 차례 이야기를 나눈 후, 결국 피고의 부탁을 승낙했습니다. 먼저 피고가 사기 행각을 벌인 것은 확실합니다. 검찰에서 그를 기소한 것은 이렇게 하지 않으면 사회질서를 보장할 수 없고, 과오를 범한 청년들을 교육할 수도, 구제할 수도 없기 때문입니다. 하지만 저는 두 가지 문제를 제기하고 싶습니다. 판사님과 배심원께서 논의하실 때 고려해주시기 바랍니다. 첫째, 피고가 위험하고 잘못된 길을 걷게 된 데에는 피고 본인의 생각과 품성 등 주관적인 원인 말고 더 심각한 사회역사적인 원인이 있지는 않습니까? 제 생각에는 십 여 년간 린뱌오(林彪)[13]와 '사인방'이 횡행하면서, 상산하향 운동을 망쳤고, 청소년을 해하였습니다. 이 또한 피고 리샤오장이 범죄를 저지르게 만든 중요한 요인입니다. 이 점을 감안하여 선처해 주시길 부탁드립니다. 둘째, 피고의 사기 행위가 막힘없이 진행된 것은 결코 그가 어떤 특별한 수단이 있어서가 아닙니다. 그것은 특권이 존재하는 이 사회와 불합리한 일부 제도가 사기 행위에 토양을 제공한 것입니다. 예를 들면, 피해자 중 당 간부들이 피고에게 조건을 만들어주고, 심지어 그의 사기행위를 도왔습니다. 이 동지

---

13 [역주] 중국의 정치가, 군인, 대장정과 항일전쟁에서 크게 활약했다. 마오쩌둥을 지지하며 후계자로 지목되었지만, 결국 마오의 견제로 사망하였다.

들이 이렇게 한 까닭은 봉건적인 특권사상의 관행도 있겠지만, 저들이 피고를 통해 개인의 사욕을 채우려고 했기 때문입니다. 이렇게 볼 때, 저들은 피해자일 뿐 아니라 사기행위의 공범입니다. 저들도 정치적 책임을 져야합니다! 법정은 피고에게 형량을 결정할 때 이 현실도 직시해야 하지 않겠습니까? 고려해 주십시오.

자오 단장 뭐라구요? 우리가 사기죄의 공범이라구요?

쑨 국장 정치적 책임도 져야 한다구요?

첸 처장 위원님, 너무 심각하게 말씀하시니까, 이해할 수도 없고 납득할 수 없어요! 우린 다 '사인방'한테 박해받았잖아요!

장 위원 우리만 '사인방'한테 박해받았소? 우리 당, 우리 나라, 우리 인민들은 '사인방'한테 더 큰 박해를 받았소! 왜 당신들은 그저 자기 이익만 생각하고, 우리 당, 우리나라, 우리 인민의 이익은 생각하지 않소? 깊이 좀 생각해 보시오. 우리가 '사인방'에게 무참하게 핍박받을 때, 언젠가 빛이 보일 날을 기다리며, 우리가 무슨 생각을 했소? 다시 일을 하고, 혁명을 위해 더 노력하는 것 아니었소? 그 때 민중들은 우리에게 무한한 애정과 그리움을 보냈습니다. 그들은 우리가 나라를 구제하길 기대하고, 우리가 인민들을 행복하게 해주길 기대하고 있어요! 하지만, 지금 당신들은 이걸 잊었소! 당신들은 민중들에게 국가의 어려움을 이해해 달라고, 멸사봉공(滅私奉公)하고, 대의를 살펴달라고 하고선, 자신들은 부동산에 매달리고, 사익을 추구하고 있어요. 남의 자식은 농촌에 뿌리박게 하고, 자기 자식은 온갖 방법을 동원해서 대도시로 데리고 왔습니다. 민중들은 고생하게 만들고, 자기는 호화스러운 생활을 추구하지요! 우리가 민중과 동고동락하지 않는데, 어떻게 민중들에게 우리와 같이 한마음 한뜻이 되어달라고 할 수 있겠소. 저는 정말 걱정됩니다. 우리 간부들이 '사인방'에도 무너지지 않았는데, 아마도 이런 불건전한 당풍에 스스로 무너질 것 같소. 경계하시오, 동지들! 그렇지 않다면 이 법정에서는 증인석에 앉아있지만, 당 기율 법정에서는 반드시 피고석에 서게 될 것이오!

막이 내려온다.

―끝

〈만약 내가 진짜라면〉

이 작품을 처음 읽은 건 중국에서 박사과정을 하고 있던 2012년 겨울이었다. 연극사마다 언급되는 중요한 작품이지만, 유독 대본을 구하기 어려웠다. 〈중국당대희극사고(中國當代戲劇史稿)〉에는 다음과 같은 내용이 있다.

1980년 1월 23일부터 2월 13일, 베이징에서 중국 극작가협회와 중국 작가협회, 그리고 중국 영화인협회가 연합하여 개최한 대본창작좌담회가 열렸다. 주로 연극대본 〈만약 내가 진짜라면〉과 〈사회의 기록 속에서〉 (在社会的档案里), 〈여자 강도〉(女賊) 등 영화 시나리오를 중심으로 연극·영화 창작 과정에서 발생한 문제 및 문예 창작 전반에 걸친 중요한 이론 문제를 토론하였다. [14]

당시 중국 연극계는 경직되고 폐쇄적이었던 문화대혁명

---

14 董建 · 胡星亮, 《中國當代戲劇史稿》, 北京 : 中國戲劇出版社, 2008, p270.

(1966~1976)이 끝나고 그동안 침묵했던 창작물들이 쏟아져 나오며 다시금 활력을 찾고 있었다.[15] 80년 대본창작좌담회는 바로 당시의 논쟁적 작품을 중심으로 향후 문예창작의 기조를 논한 중요한 회의였다. 좌담회의 주된 논의대상이었던 〈만약 내가 진짜라면〉은 그만큼 큰 반향을 일으킨 중요한 작품이었다. 중국현대문학의 대문호 바진(巴金)이 문화대혁명 시기를 회고한 〈수상록(隨想錄)〉에도 이 작품과 관련된 수필이 세 편 수록되어 있다. 그러나 이 작품의 중요성을 말하는 기록은 곳곳에서 발견되는 반면, 사예신(沙葉新) 극작선에서도, 각종 대본집에서도 이 작품을 찾을 수가 없었다. 이곳저곳을 뒤지던 끝에 다행스럽게도 중고책 판매 사이트에서 작품을 찾을 수 있었다. 누렇게 변색된 40페이지 남짓의 얄팍한 단행본이 도착했다. 1979년 9월 25일 발행, 정가 3마오. 금방이라도 바스라질 것 같은 책장을 한 장씩 넘기며 이 작품을 번역해야겠다고 생각했다.

〈만약 내가 진짜라면〉은 1979년 사예신이 배우 리서우청(李守成), 야오밍더(姚明德)와 함께 구상하고 주 집필을 맡았던 작품이다. 고골의 희곡 〈감찰관〉의 영향을 깊게 받은 이

---

15 연극학자 타오칭메이는 "사회문제극이 70년대 말부터 80년대 초까지 전국적으로 일으켰던 붐은 오늘날 상업극도 견줄 수 없는 정도였다"고 회고한다. 陶庆梅, 《當代戲劇的格局》, 《文人畫的現代命運 • 藝術手冊 • 2014》

작품은 문화대혁명 시기 상산하향(上山下鄕)운동의 일환으로 농촌에서 생활하던 지식청년 리샤오장이 고위간부의 자제를 사칭하면서 벌어지는 블랙 코미디이다. 그의 거짓신분은 죄를 죄가 아닌 것으로 만들고, 불가능한 것을 가능한 것으로 만들어준다. 연극 한 편을 보기 위해 시작한 거짓말은 그가 그렇게 원하던 도시 복귀를 가능하게 만든다. 한편 그가 여자친구 아버지의 환심을 사기 위해 만든 가짜 마오타이주는 상관의 환심을 사려던 사람들의 손을 거쳐 점점 더 고위계층에게 전달되고, 아이러니하게도 종국엔 리샤오장의 손에 돌아오게 된다. 특권층에 대한 신랄한 풍자와 입체적이고 치밀한 짜임이 돋보이는 작품이다.

이 작품은 실화를 바탕으로 하고 있다. 당시 스무 살 남짓의 청년이 리다(李達)장군의 자제를 사칭하여, 많은 사람들이 사기를 당한 사건이 있었다. 사기를 당한 사람 중에는 문화계 저명인사와 현직 간부도 포함되어 있었다. 너무도 연극적인 이 사건을 당시 상하이의 여러 극단이 연극화하고자 하였으나 현직간부가 연루된 탓에 상부 지시가 내려와 결국 아무도 쓰지 않게 되었다. 그렇지만 사예신은 감옥으로 찾아가 그 청년을 인터뷰 하고 작품을 쓰게 되었다. 사예신은 당시 상하이 인민예술극원 소속이었다. 그는 이 작품을 쓸 수 있었던 것은 젊은 연극인들을 지지한 원장 황쭤린(黃佐临)이 조성한 작업 분위기와 연출 후스칭(胡思慶)의 용기 덕분이었다고 회고하였다. 리서우칭, 야오밍더와 함께 3 주만에 대본을 완성하였고, 2주간 연습 후 내부 공연[16]을 하였다.

1979년 8월 내부공연 후 이 작품은 순식간에 상하이 문예계의 이슈가 되었다. 정식공연은 아니었지만 몇 십 차례의 내부공연이 이어졌고, 9월 말 '상하이 연극'에서 대본이 출판되었다. 원래 제목은 〈사기꾼〉(騙子)이었으나, 출판 전 황쭤린의 건의로 지금과 같은 〈만약 내가 진짜라면〉으로 제목을 바꾸어 출판하였다. 출판 당시 십 여 분만에 수 백 권이 팔렸다고 한다. 역자가 구한 빛바랜 대본이 바로 이때 발행된 유일본이다. 당시 내부공연 형식이었기 때문에 홍보도 하지 않았지만, 베이징, 광둥, 푸젠, 저장, 장쑤, 허난, 허베이, 신장 등 중국 각지에서 공연이 이어질 만큼 반응은 전국적이었다. 하지만 얼마 뒤 공연은 금지되었다. 마지막 공연에서 샤예신은 항의의 표현으로 무대에 올라가 허리를 숙여 이 작품에 대한 고별인사를 했다. 그 후 중국 본토에서 이 작품은 더 이상 공연 되지 않았지만, 1981년 대만에서 영화화되어 대만 금마상 최우수 극본상을 수상했고, 영어와 독일어 등으로 번역되었다. 2017년 한양대 중어중문학과 28

---

16 내부공연은 허가를 받지 않은 공연 형식이기 때문에 홍보를 할 수 없다.

대 원어연극대가 본 작품을 무대에 올려 호평을 받기도 하였다.

작년 여름 사예신 작가의 타계 소식이 전해졌다. 출판을 좀 더 서두르지 못한 것이 후회된다. 늦었지만 본 책으로 고인(故人)에 대한 애도와 경의의 마음을 표한다. 본 작품에 담긴 기득권층의 특권의식과 부정부패는 한국 독자들에게도 큰 이질감 없이 다가갈 것 같다. 풍부한 유머와 풍자 속에 담긴 날카로운 비판과 진정성이 전달되기를 바란다.

출판을 허락해 준 리서우청(李守成), 야오밍더(姚明德), 샤즈훙(沙智紅) 세 분께 감사를 표한다. 특히 귀한 자료사진을 제공해 준 사예신 작가의 따님 샤즈훙 여사에게 감사와 위로의 마음을 전하고 싶다. 끝으로 한중연극협회 오수경 선생님과 김우석 선생님을 비롯한 여러 이사님, 이번 출판의 이모저모를 챙기느라 고생하신 김순희 선생님, 언제나 협회의 난제들을 해결해주시는 든든한 지원군 뤼샤오핑(呂效平) 선생님, 본 번역을 지원해 준 남산드라마센터와 연극인들의 벗 연극과인간 관계자분들께 깊은 감사의 마음을 전한다.

중국현대희곡총서 11

만약 내가 진짜라면

초판 1쇄 인쇄 2019년 3월 4일
초판 1쇄 발행 2019년 3월 8일

지은이 사예신(沙葉新) 리서우청(李守成) 야오밍더(姚明德)
옮긴이 장희재
펴낸이 박성복
펴낸곳 도서출판 연극과인간
주소 01047 서울특별시 강북구 노해로25길 61
등록 2000년 2월 7일 제6-0480호
전화 (02)912-5000
팩스 (02)900-5036
홈페이지 www.worin.net
전자우편 worinnet@hanmail.net

ⓒ 장희재, 2019
ISBN 978-89-5786-676-4 04820
ISBN 978-89-5786-638-2 세트

값은 뒤표지에 있습니다.